COLLECTION FOLIO

Marie Nimier

La Nouvelle Pornographie

Gallimard

Marie Nimier est née par un mois d'août torride à l'hôpital Saint-Antoine, Paris XIIe. Elle commence à quinze ans une carrière chaotique de comédienne et de chanteuse, participe aux créations théâtrales et musicales du Palais des Merveilles, de Pandemonium and the Dragonfly (aux États-Unis) et des Inconsolables. Elle aime se promener dans les ports, les gares, les jardins publics, les marais salants, les îles, et surtout rester de longues heures enfermée, assise à une table de travail, loin.

Elle écrit à la main et joue de l'accordéon diatonique.

Elle a déjà publié huit romans traduits pour certains en Allemagne, en Italie, au Japon, en Grèce et aux États-Unis : *Sirène* en 1985 (couronné par l'Académie française et la Société des Gens de Lettres), *La girafe* en 1987, *Anatomie d'un cœur* en 1990, *L'hypnotisme à la portée de tous* en 1992, *La caresse* en 1994, *Celui qui court derrière l'oiseau* en 1996, *Domino* en 1998 et *La Nouvelle Pornographie* en 2000, ainsi qu'un monologue théâtral, *Mina Prish*, des nouvelles et des livres pour enfants, dont *Une mémoire d'éléphant* (Gallimard Jeunesse), *Les trois sœurs casseroles*, *Charivari à Cot-Cot City* et *Le monde de Nounouille* (Albin Michel Jeunesse).

À Claude Royet-Journoud

Les murs de la cage d'escalier s'écaillaient, révélant une sous-couche jaune poussin. Aline avait ajouté son nom près de la sonnette. Elle dormait dans l'alcôve qui me servait autrefois de bureau. Un rideau était accroché autour de son lit pour le séparer du reste du studio, une pièce d'étoffe à fronces ordinaires pompeusement baptisée *baldaquin,* la pompe en l'occurrence n'étant pas à chercher dans ce qui se voyait, mais dans ce qui était caché — je tire mon baldaquin, disait Aline, ça voulait dire qu'elle allait tirer un coup.

La boîte aux lettres s'ouvrait d'une pichenette. Une enveloppe tomba à mes pieds, une enveloppe à fenêtre : le directeur général de la société Jolicœur m'écrivait personnellement. Afin de me prouver son attachement, il m'offrait pour la bagatelle de cent vingt francs par mois une table à repasser révolutionnaire, testée dans les moindres détails par ses techniciens agréés.

J'installai mes affaires de travail dans la cuisine, bien décidée à profiter de cette intrusion publicitaire pour nourrir mon inspiration. Associer repassage et révolution, quel bel exemple d'obscénité ! Le directeur joindrait à ma commande (*conditionnel*) quatre tasses « mug » en faïence, décorées de coquets motifs floraux, formant un ensemble romantique que j'aurai (*futur*) plaisir à utiliser. Ce changement de temps, sans justification aucune, en disait long sur les stratégies mises en œuvre pour séduire l'acheteur potentiel — me séduire moi, Marie Nimier, cliente privilégiée. Il ne laissait à l'hésitation que l'espace d'un tronçon de phrase, coincé entre deux virgules, deux fleurs de coquelicot sérigraphiées.

Je dépliai le prospectus qui accompagnait la lettre. Toujours à la pointe du progrès, la société en question proposait un concept nouveau, inversant les perspectives traditionnelles. Toutes les imaginations avaient été mobilisées. On avait réuni les professionnels, interrogé les scientifiques, sondé les mères de famille à la sortie des centres commerciaux. Le résultat était sans appel : il ne suffisait plus de vanter les qualités de glisse du fer, il fallait insister sur la capacité de rétention de la planche à repasser. On délaissait l'outil, la chose qui agit dedans la main de l'homme, pour érotiser le support. On s'intéressait à l'en dessous, à ce qui ne paye pas de mine. Fini les tables objets, les tables inertes, les femmes reléguées aux tâches ménagères. Fini les faux plis et les draps qui glissent par terre : mes corsages resteraient plaqués sur le plateau, oui, madame Nimier, un seul mot : plaqués. Ils en sortiraient plus souples, plus moelleux et par voie de conséquence plus agréables à porter.

En effet, les temps avaient changé. La libération sexuelle avait porté ses fruits et si, à l'heure où le futur remplaçait le conditionnel, la femme se tapait toujours le repassage, il ne s'agissait plus d'une corvée mais d'une activité épanouissante. À côté du bon d'essai gratuit, une photo de moi en pleine action mettait en évidence ma future satisfaction et la fameuse pédale qui commandait le système d'aspiration, soulignée par la grâce de mes chevilles. Je me regardais, ou plutôt je regardai la blonde qui était censée me représenter. Debout, en première position, le cheveu lisse, la jupe noire et la poitrine parfaitement mise en valeur par un chemisier ajusté. Souriante, vaillante, indémaillable. Assise, moi encore, la même expression sereine, le pied droit légèrement en dehors, les cuisses jointes — mais l'ouverture était facile, lisait-on, la manette de réglage permettant de plier l'objet sans effort et de le ranger dans un minimum d'espace (derrière une porte, dans un placard, à la place ordinairement dévolue aux amants de passage). Tout semblait prévu, aucun détail négligé. Une prise était installée à l'arrière de la table pour alimenter ma centrale thermique, ou n'importe quel accessoire nécessaire à l'entretien de mon intérieur. En guise de conclusion, et avant les salutations d'usage, le directeur général tenait à me signaler qu'il était à mon entière disposition pour me prouver sa reconnaissance, et la solidité de son matériel. Je l'imaginai s'allongeant sur le vaste plateau chauffant, à titre de démonstration. Un de ses techniciens presserait sur la pédale, le bruit de la turbine, ce vrombissement d'insecte pris au piège s'élèverait, me rappelant les sous-sols du lycée et sa chaudière qu'inlassablement je décrivais dans mes romans, lieux de toutes les débauches, de tous les égarements. J'avais les cheveux très longs à l'époque, châtain clair et fourchus, je m'asseyais dessus et passais la plupart de mes cours à en dédoubler les pointes. Nous étions trente-trois filles dans la classe, trente-trois filles pour un garçon. L'établissement avançait à pas comptés sur le chemin de la mixité. Chaque élève avait son petit geste parasite qui l'aidait à supporter la station assise, se ronger les ongles, griffonner dans les marges, mordiller un crayon ou l'éplucher, selon, il y en avait même une qui se caressait sans fin, et apparemment sans jouissance. Son corps restait immobile, tendu vers l'estrade, comme s'il aspirait les mots du professeur. Voilà qui me fascinait, cet espace en creux au centre de la classe, trou noir où s'engouffraient les forces vives de l'Éducation nationale. Parfois Solange — disons qu'elle s'appelait Solange — portait son index à sa bouche. Elle constituait un réservoir de salive tout près de sa lèvre inférieure, ainsi n'était-elle pas obligée d'enfoncer le doigt. J'avais honte de la regarder, d'ailleurs je ne la regardais pas : je la voyais. Je m'asseyais en biais, appuyée contre le mur, dédoublant, oui, je dédoublais. Les bribes de cheveux tombaient en spirale sur mes genoux. Les filles aussi se scindaient en deux groupes : celles qui avaient couché, et les autres. Les séjours linguistiques chamboulaient régulièrement les données. Le garçon de la classe, originaire de Soisiel, était arrivé puceau. Nos professeurs (toutes des femmes qui le traitaient avec beaucoup d'indulgence, c'est-à-dire comme un être inférieur) nous avaient recommandé de nous montrer ouvertes et amicales à son endroit. Nous avions sans rechigner appliqué la consigne. Ouvertes nous fûmes, et amicales, surtout à son endroit. Nous l'entraînions dans les sous-sols du lycée, accessibles par la dernière porte des toilettes, porte sans clenche, mais qu'un bon tournevis suffisait à forcer. Notre camarade se laissait gentiment peloter. Il se raclait souvent la gorge, un peu effrayé sans doute par la violence de ses sensations. Il me faisait penser au directeur de la société Jolicœur, très poli, très serviable, allongé sur la planche à repasser et son molleton double épaisseur en fibres spéciales traversantes, le directeur qui avait tout prévu : il était propre, rasé de près, son sexe se dressa, je le pris dans ma main comme jamais aucun manuel ne me l'avait enseigné, je le branlais et j'aimais le branler — c'était très important pour lui, ce plaisir qu'il sentait monter en moi, mon émotion, cette jouissance qu'il percevait lorsque son gland touchait la partie souple de ma paume. Le ventre moite du directeur, la semelle luisante de la centrale thermique et tandis que mes souvenirs allaient et venaient sur la peau lisse de l'adolescent, la jeune peau marbrée de ce camarade inoubliable, dont j'oublierais pourtant le nom, le visage même, tant mon attention se portait ailleurs, tandis, donc, nous narguant, qu'une vapeur impeccable sortait des trous biseautés du fer, de petits jets bien précis, bien drus, il me dit de serrer un peu plus. C'est le directeur qui parle à présent, « serre un peu », répète-t-il, et il a raison, je suis ailleurs, je pense à autre chose, au regard creux de Solange — j'ai entendu sa voix, la voix du directeur en personne, il ne se contente plus de m'envoyer du courrier, il me parle, à moi, la sous-merde qui un jour lui a commandé un lot de torchons à trente francs, et peut-être encore une paire d'oreillers antiacariens, la cliente fidèle qu'il croit embobiner à coups de mugs romantiques —, il en redemande, s'abaissant à me tutoyer, n'arrête pas dit-il maintenant, je t'en supplie, encore, achète encore. Ses mains puissantes m'attirent vers lui, elles cherchent le chemin du creux, le chemin de la vie, un doigt dedans, les autres pressant mes fesses, les empoignant, surpris sans doute, ayant froncé ma jupe sur mes hanches, de ne trouver qu'une si mince barrière, une dentelle de rien du tout dont il devine la couleur : noire, forcément noire — la femme blonde porte toujours sa panoplie lorsqu'elle repasse, on ne sait jamais qui peut (...), un jour c'est un pompier qui fait du porte-à-porte pour vendre des calendriers, elle saisit immédiatement le but de sa visite : on est au mois d'avril, un peu tard pour les étrennes, à point nommé pour les étreintes, elle l'invite à se débarrasser, comme il est suggéré dans les bonnes maisons. Il pose ses petites affaires sur le sofa, le camion l'attend en bas avec les autres pompiers, il a une bourse plus grosse que l'autre et c'est très excitant de la voir remonter, ou de l'imaginer remontant, à mesure que le directeur me caresse — je ne sais si je peux avouer qu'il m'encule, ou qu'il m'encolle comme le suggère le correcteur orthographique de mon ordinateur vieillissant, mais c'est bien ce qu'il tente après m'avoir mouillée (ainsi collais-je mes premiers tracts politiques sur les murs de l'école, à la salive, mon frère écrivait : « Pompidou, des sous », et nous léchions derrière) ; le sexe du pompier était bien ourlé et bien dur, mais pas trop gros et ça rentrait sans douleur à fond, jusqu'à la garde. Il connaissait ses classiques, clito et compagnie, pour le point G viser le nombril. Je jouis avant lui, d'une jouissance sèche, purement physique, sans déploiement. Quand la sirène retentit, pour l'appeler sans doute, le pompier partit à son tour. Je lui donnai un mouchoir en papier et me retrouvai seule avec mon repassage, allongée sur la moquette, une vraie pattemouille. Le directeur général de la société Jolicœur sentant que j'étais de nouveau ailleurs, dans mes pensées, malgré ma paume qui travaillait avec rigueur, eut la délicatesse de me prévenir : il allait venir. La semence jaillit, dix doigts se posèrent sur mes hanches, je sursautai, tout s'enchaînait plus vite que prévu : c'était à mon tour de m'allonger sur la table, à mon tour d'être repassée.

— Ne t'inquiète pas, dit le directeur, c'est un technicien de chez nous, Frédéric Picaud.

Comment était-il entré ? Le technicien glissa qu'on pouvait l'appeler Freddy tout court. Il devait posséder une clef spéciale pour les interventions d'urgence, les fers restés branchés après le départ de leur propriétaire ou les cocottes menaçant d'exploser. Il tira de sa mallette un appareil destiné au massage des épaules et des cous fatigués. L'objet me parut très long, mais peut-être n'était-ce qu'illusion car il rentra parfaitement à l'intérieur. Le directeur plaça un tabouret de part et d'autre de la table pour que je puisse y poser les pieds. Son associé accroupi se mit à brosser mes cheveux qui tombaient en rideau autour de la planche. Il accompagnait ses gestes de mots très doux, et je me disais que si Aline avait assisté à la scène, elle aurait été épatée de voir comment un homme pouvait s'occuper de moi. Avec délicatesse, oui, malgré le truc qui vibrait entre mes cuisses, tu es belle, laisse-toi aller mon cœur, laisse-toi venir ; il devait être spécialisé dans le contact avec la clientèle car il savait exactement quoi dire et où appuyer. C'était sur mon front qu'il promenait maintenant la brosse, sur ma poitrine, et les dents en plastique dessinaient en passant des courbes de niveau. J'avais envie qu'il me prenne la bouche, qu'il m'aspire le bout des seins, ou qu'il enfonce sa langue entre mes jambes en donnant de grands coups de tête, mais la clef s'engagea dans la serrure de la porte d'entrée, comme un refrain. Caresse-moi, suppliai-je, j'aurais aimé jouir avant l'arrivée d'Aline, mon amie, j'étais au bord de la, en lisière de, et le directeur accéléra son geste, je me mis à crier, Aline dut me prendre pour une folle, pourquoi étais-je allongée sur la nouvelle planche, celle que nous venions d'acheter à crédit malgré nos difficultés financières, la cassette anticalcaire par terre, baignant dans son jus d'eau du robinet, et moi les cuisses écartées, bien pleine d'un instrument branché à la place du fer. J'essayai de me composer une voix normale pour introduire nos invités, je me levai sur un coude, très femme du monde, Aline, permets-moi de te présenter le directeur de la société Jolicœur et son assistant, Freddy Picaud ; je me mis à rire, à glousser plutôt, tu sais, la société qui nous a fourgué les tasses (les mugs corrigea le directeur en enfonçant à fond le vibromasseur), je laissai échapper une plainte, je le sentais, s'il insistait un peu j'allais jouir une seconde fois. Aline se présenta à son tour, Aline Bertinazzi, je partage le studio avec Marie. Elle était parfaite, faisait mine de ne rien remarquer, je vais nous préparer du thé, dit-elle, ne vous occupez pas de moi, mais le directeur n'était pas de cet avis, il lui suggéra de venir le rejoindre pendant que l'eau chauffait, Aline est brune, elle sent très fort, une bonne odeur de chatte qui adore qu'on lui rende les hommages, son air de la campagne, ses joues rondes et sa poitrine charitable, son (...) oui, c'est cela, les hommes aiment sa générosité mise en valeur par ses vêtements qu'elle achète au rayon Junior. Aline ne sait rien refuser. Freddy descendit sa braguette au signal du directeur, il avait son joujou en l'air, un sacré morceau, ça fait du bien de temps à autre de voir une bonne grosse queue, à défaut d'avoir une grande belle vie. Il poussa mon amie jusqu'à la table, la traditionnelle, sur laquelle nous mangions et roulions les pâtes à tartes, puis tira de sa poche son petit matériel : un préservatif assorti d'une crème lubrifiante en stick jetable. Je ne connaissais pas ce modèle, cette présentation, l'assistant me promit de me noter la marque sur un papier. Un peu cher, commenta-t-il, mais onctueux, quasi inodore, d'une utilisation ultra-simple, et en effet le tube s'enfonça ultrasimplement entre les cuisses d'Aline. Elle avait une très jolie minette je l'ai déjà dit n'est-ce pas, bien dodue, bien dessinée, avec des lèvres en pétales qui ne demandaient qu'à être maquillées. Son bouton jaillit au passage de la crème. Ça me rappelait l'Amérique, cette langue luisante qui pointait hors de sa gaine. Le directeur s'était approché de son employé, émoustillé par le spectacle, il se serait bien vu à la place du stick. Freddy rangea son matériel avec soin. Le directeur se travaillait, le buste légèrement penché en avant comme pour secouer la dernière goutte, après pisser, mais ça ne donnait pas grand-chose. Freddy introduisit son sexe dans le con d'Aline d'une façon un peu démonstrative, certes, mais qui le lui reprocherait, il prenait une petite revanche sur son supérieur hiérarchique. À moins que ce ne fût un arrangement entre les deux hommes, une complicité à la nipponne. Toujours est-il qu'Aline, piquée au jeu, avait changé de position pour présenter le meilleur d'elle-même. Elle se tenait à croupetons maintenant, le dos creusé, son cul majestueux à la retrousse, comme chez le proctologue, décontractez-vous mademoiselle, décontractez, elle me regardait, tous les deux regardaient dans ma direction et le directeur solidaire se peignait la girafe en soufflant par le nez, lui seul me tournait le dos. Je dois avouer que ça m'excitait de percevoir ce petit souffle et d'imaginer l'indolence obstinée de son onzième doigt, il y avait son coude aussi qui bougeait très vite, mais les premières notes de l'*Hymne à la joie* vinrent mettre un terme à mes observations : le téléphone du directeur sonnait.

Sa femme s'inquiétait (« Ma femme », chuchota-t-il en éloignant l'appareil de sa bouche). Oh la vache, quelle ascension ! Il était tout rigide soudain, jusqu'à l'expression de son visage. Voilà un homme heureux, pensai-je, qui bande dès qu'il entend la voix de son épouse. Puis je compris que ce qui l'excitait, ce n'était pas de l'entendre, mais de lui parler, la biroute à l'air, et mieux encore : de lui mentir devant témoins. Oui, le mensonge avait sur sa queue un effet déclaratif, aussi déroulait-il une fable interminable, prétextant un rendez-vous difficile, un pépin technique qui avait entraîné la brûlure d'un enfant, non, pas le fer, la table, l'aspirante, et plus il s'enfonçait dans son récit, plus il s'excitait. N'y tenant plus, il pivota vers moi pour me donner sa bite à sucer, suce à fond dit-il en mettant sa main devant l'appareil — à ce stade de la conversation, éloigner le combiné se révélait insuffisant. Freddy Picaud quant à lui remontait sa braguette, c'était du genre BBQ (big but quick), commenterait Aline lorsque nous serions de nouveau seules, Aline qui pour l'heure n'affichait aucun signe de déception. Elle savait prendre le bon côté des choses, garder en mémoire ce qu'il y avait à garder, la beauté de cette verge, sa courbe magnifique, son allant. L'eau bouillait depuis un moment, non, Freddy n'aurait pas le temps de boire un thé, avec ou sans mug autour, il avait encore du travail, mais il nous promit de saisir le premier prétexte qui se présenterait pour nous rendre visite. Le matériel était garanti deux ans, un service après-vente exceptionnel, et patati et patata je vous laisse mon numéro personnel, au moindre pépin, vous n'hésitez pas à me téléphoner.

Deux ans de garantie, pensai-je, c'est renversant. On peut laver beaucoup de choses en deux ans, repasser beaucoup de corsages — comme si nous avions des tronches à porter des corsages —, disons trois par semaine, ce qui nous fait (...) si j'ai bien compté, et autant de corps à corps, autant de jupes retroussées, de lèvres embrassées et de porte-monnaie essorés par la société Jolicœur. Le directeur n'avait toujours pas raccroché, je commençais à avoir mal aux lèvres ; demain j'aurais des gerçures et surtout des courbatures dans les joues. Comme le directeur évoquait maintenant ses prochaines vacances en famille, je décidai d'aller prendre un bain. Aussitôt que ma bouche eut quitté son sexe, le directeur expédia sa femme et se rua à ma poursuite, renversant au passage la pile des magazines d'Aline. Je n'eus pas le temps de régler la température de l'eau, ni de fermer la porte à clef. Il avait l'air furieux que je l'aie (...), serrait mes poignets, me tirait vers le sol, je perdis l'équilibre et me retrouvai allongée sur le tapis à bouclettes made in Taïwan, la tête contre la baignoire, avec l'eau chaude qui coulait à flots, les bras en croix, le directeur sur moi (...), disait-il, me laisser tomber comme une vieille chaussette, tu t'en mordras les doigts. Je vais te la fourrer jusqu'à ce que tu demandes pardon, je vais te foutre, oui, t'inonder de foutre, je détestais cet homme, ce qu'il était, ce qu'il représentait, et pourtant mon bassin se levait en cadence, je l'aspirais, je l'enconnais, et c'est lui qui croyait me baiser. Il m'étranglait à présent, le bras en travers de la gorge, puis, affinant sa prise, le pouce et l'index de part et d'autre de la trachée, je sentais la peau qui faisait le lien entre son pouce et son index, cette peau ferme et tendre pressée comme une lame contre mon cou, un fil à couper le beurre, il s'excitait et je me répétais du beurre, comme dans du beurre, où était Aline, j'avais du mal à déglutir et les images défilaient, je l'écrasais entre mes seins comme la femme obèse du coin de la rue, la grosse femme au petit chien, je lui pressais son jus et il allait payer ; quatre cents balles la branlette et six le repas complet, il allait cracher le directeur, il en redemanderait, il reviendrait tous les jours mouiller sa liquette, suppliant, l'œil hagard, et je louerais un appartement digne de ce nom, avec des provisions dans le placard et un bureau immense pour écrire de belles histoires à la main, de grandes histoires romantiques en buvant du champagne ou des infusions issues de l'agriculture biologique. J'entendis un bruit dans le couloir. Aline nous observait par miroir interposé, prête à intervenir. Sa présence me rassura, elle me donna la force de (...). Le directeur se mit à crier entre ses dents, un cri qui ne faisait pas de bruit, tu vas me le payer, répétait-il en me claquant du plat de la main, tu vas me le payer ; mon cœur battait, mon ventre battait, la baignoire allait déborder, ma tête butait sur le carrelage et je me cramponnais à lui comme à une bouée, je lui devais mon salut, je lui volais ma jouissance, c'était ma seule façon de m'en sortir, ma seule façon de ne pas être sa victime. D'un coup de genou, il m'obligea à me soulever, je sentis quelque chose qui voulait pénétrer par-derrière, je reconnus l'odeur douceâtre du savon, ce savon en forme d'ogive que l'on trouve dans les vestiaires, avec un trou pour l'accrocher, un boulon pour le retenir, je serrais mes muscles, je serrais les poings, le directeur insistait, tu vas lâcher, disait-il, tu vas me le donner ton petit cul, et plus je serrais, plus je sentais mon sexe se nouer autour de son sexe jusqu'à ne plus savoir à qui était lequel, j'avais envie de l'anéantir, de m'anéantir en lui, je sentais le plaisir monter, le plaisir et la douleur du plaisir dans un même râle, le directeur s'effondra sur mon ventre, son corps tremblait, il jouissait comme aucune femme ne l'avait jamais fait jouir, il jouissait contre lui-même, à son insu, il pleurait maintenant et recommençait à me vouvoyer. Mais que disait-il, que trouvait-il à dire encore après tous ces mots ? Un peu de silence, je soupirai, un peu de silence, et je me retrouvai dans la cuisine, mon ordinateur en état de veille et mes notes éparpillées sur la table. Quelqu'un me regardait. J'avais mal au dos et à la nuque, surtout à la nuque. Aline était debout derrière moi, elle venait de se réveiller.

— Tu n'as toujours pas fini ta nouvelle ? demanda-t-elle en se frottant les yeux.

— Je ne sais pas. On verra. Je n'ai pas le courage de la relire, je vais la donner comme ça à l'éditeur.

Ses gestes étaient lents, chargés de rêves. Une certaine mollesse dans la lèvre inférieure, une moue, une nonchalance laissaient à penser qu'elle avait envie de faire l'amour. Elle dormait avec un vieux T-shirt de mon frère. Je me sentais vide et sale. Lorsqu'elle se dressa sur la pointe des pieds pour prendre les tasses, je vis sa touffe noire se dessiner en transparence. Elle tenait le bas du T-shirt coincé entre les jambes, et c'était douloureux, ce tissu prêt à lâcher — j'avais tellement besoin de tendresse. Bientôt s'élèverait l'odeur du café.

Gabriel Tournon insista. Il voulait comprendre comment j'en étais arrivée à cette histoire de repassage, par quel chemin, quels détours de l'esprit. Je gardais le silence comme on garde les oies, un peu coincée, un peu niaise, paralysée à l'idée de laisser échapper des mots que j'allais forcément regretter. Peu avant sa mort, mon père m'avait adressé une lettre. Que dit la Reine du Silence? écrivait-il en s'appliquant, et depuis, faute d'avoir su résoudre la contradiction liée à cette double injonction, je perdais tous mes moyens lorsqu'il fallait répondre aux questions des hommes. J'avais l'impression d'être en haut d'une côte avec un vélo sans freins. C'était usant pour tout le monde, mais c'était comme ça. C'était moi.

L'éditeur s'impatientait. Il avait des ongles bien soignés et un poignet très long, beaucoup plus long que les poignets ordinaires, comme s'il possédait une articulation supplémentaire, ce qui donnait à ses gestes une fluidité désarmante. Je devais lui faire confiance, disait-il en effleurant la table du bout des doigts, s'il m'avait commandé ce premier texte, ce n'était pas dans l'idée d'obtenir un produit fini, prêt à être publié, mais dans le but de définir ensemble une démarche, un contenu. Il ne voyait pas comment il pourrait s'engager financièrement avec un auteur qui...

Nous y venions. J'étais obligée de parler. La maison d'édition pour laquelle Gabriel Tournon officiait allait me donner de l'argent, pas mal d'argent, plus que je n'en avais jamais obtenu à la signature d'un contrat chez mon éditeur habituel, non seulement pour que j'écrive et que je publie chez eux, mais pour que je réponde aux questions de son directeur littéraire. Et que j'accepte de suivre ses indications. Il s'agissait d'une commande, voilà ce qu'il fallait que je me mette dans la tête : je n'avais pas de quoi payer mon prochain loyer, la facture d'eau allait tomber, sans parler des dettes qui s'accumulaient, on me proposait du travail, je n'avais pas le choix, pas les moyens de refuser. Je lâchai quelques phrases sur ce que l'éditeur appelait ma démarche. Des notes, oui, beaucoup de notes. Des glissements, des associations. J'étais lancée, je dévalais la pente, découvrant mes idées à mesure que je les énonçais. Je citai les groupes de mots qui s'étaient imposés, puis des groupes d'objets, des analogies de formes que j'avais envie de mettre en scène — les petits trous sur la semelle du fer d'où jaillit la vapeur et ceux du combiné téléphonique d'où sortent les voix, et en particulier la voix de la femme du directeur...

J'allais parler de cet autre trou dont il était fortement question dans mon texte, de ces autres jets, mais je n'osais pas, je ne savais pas quels termes employer pour les désigner, je manquais soudain de vocabulaire. J'avais parlé très vite, trop vite sans doute, pour être débarrassée. Une voix pointue vint interrompre mes hésitations. On nous demandait ce que nous désirions. Je commandai un café, l'éditeur un whisky sans glace. Le serveur fit claquer son torchon avant de le glisser dans sa ceinture. Il nous en voulait de nous être installés à l'étage, alors qu'il y avait de la place dans la salle du rez-de-chaussée. Gabriel acceptait cette hostilité avec une aisance qui me fascinait. Il ne se sentait pas visé par les pas traînants du garçon, sa mine arrogante et ce coup de chambrière comme pour dompter une mouche, ou la rabattre sur notre table. J'étais très mal à l'aise, j'aurais préféré que nous restions en bas, mais l'éditeur avait ses raisons : il ne tenait pas à être vu en ma compagnie. Nous étions ici incognito, j'avais été prévenue, notre projet ne souffrirait aucune indiscrétion.

Gabriel Tournon se balançait sur sa chaise en suçotant son stylo. Bientôt il le tapoterait sur le rebord du cendrier. Je ne m'habituais pas à ces gestes parasites que l'éditeur installait entre nous deux, comme s'il cherchait, toujours, à brouiller les pistes de son image. Je n'arrivais pas à cerner son visage. Ses cheveux très roux éclipsaient le reste de ses traits. Le serveur parti, je refermai l'épisode des trous pour en revenir au thème du repassage, là je me sentais en terrain familier, ce tissu qui se tend au contact du fer, une peau, ce tissu qui ne peut plus bouger, retenu, plaqué au plateau aspirant, le tout inspiré par cette lettre personnalisée... Espérant conclure, je proposai à l'éditeur de lui apporter le prospectus en question. Son visage s'assombrit. Vous voulez dire que Jolicœur existe pour de vrai ? demanda-t-il en jetant un regard inquiet sur mes pages.

Ce *pour de vrai* me fit sourire, comme si dans un roman il était possible de mentir. L'éditeur avait des étonnements d'enfant, voilà ce qui me plaisait en lui, ce mélange de maturité et d'innocence dans son physique même, son langage, ses expressions. J'acquiesçai. Gabriel Tournon se racla la gorge. Il avait une chose très importante à me signifier. Il fallait être clair, sa maison d'édition ne pouvait pas se permettre un procès. On m'avait demandé de m'inspirer de la vie quotidienne des femmes, et il restait attaché à cette idée, mais de là à utiliser une véritable campagne publicitaire...

J'essayai de me justifier. Je n'étais pas complètement stupide, j'avais transformé le nom de la société de vente par correspondance, et si la planche existait bel et bien, avec sa turbine d'aspiration et son molleton en fibres cent pour cent traversantes, les termes de la lettre avaient été modifiés. L'éditeur n'avait pas l'air convaincu. Il me demanda comme à regret pourquoi j'avais choisi « Jolicœur ». Je lui expliquai que mon ordinateur, ne connaissant pas cet assemblage de lettres, me proposait de le remplacer par « Jouisseur ». Le glissement m'avait intriguée. Gabriel Tournon vida son verre, il parlait moins vite, ses cheveux me parurent plus ternes. Peut-être était-ce déjà le jour qui tombait. Il trouvait ma démarche « un peu trop expérimentale ». Je ne voyais pas ce qu'il y avait d'expérimental là-dedans — ce que je voyais très clairement, c'était mon contrat qui s'éloignait. J'essayai de me rattraper, je ne tenais pas à cet intitulé en particulier, on pouvait très bien en choisir un autre, mais l'éditeur m'interrompit. Jolicœur lui convenait parfaitement, en mettant de côté le problème juridique. Même si personne n'avait accès au double sens du terme, à sa perversion électronique, le mot apportait un contrepoint intéressant, telles les tasses aux motifs floraux, ces mugs romantiques que le directeur brandissait comme arme ultime de conviction. Non, le problème était plus profond. Il avait l'impression que je n'avais pas assez réfléchi au projet, à tous les aspects du projet.

Une jeune fille en tailleur beige passa sa tête dans la salle. Je me demandai si elle cherchait l'éditeur. Elle attendit quelques secondes en silence près de la desserte dans une pose très artificielle, puis nous tourna le dos.

Gabriel grattait une tache incrustée dans la table. Il m'avoua que je n'étais pas la première à laquelle il proposait de signer un contrat, mais qu'aucune femme contactée n'avait relevé le défi. Elles trouvaient l'idée intéressante, oui, elles devaient y penser, et puis en fin de compte, toutes s'étaient débinées. L'éditeur prétendait que dès la lecture de mes romans, il avait senti qu'avec moi ce serait différent. Il y avait dans l'ensemble de mes personnages un potentiel... comment dire... il lui semblait que d'autres mots couraient derrière le texte principal, des mots plus crus, je voyais sûrement à quoi il faisait allusion...

— Alors j'ai pensé, conclut Gabriel comme s'il s'agissait d'une révélation, j'ai pensé que ces autres mots, pour une fois, pourraient se retrouver au premier plan.

J'étais à court de cigarettes. L'éditeur me tendit son paquet.

— Mais je préfère vous le dire franchement, ce que vous m'avez donné, ça ne va pas du tout.

Il feuilleta sa copie d'un air embarrassé. Des paragraphes entiers étaient barrés au stylo noir. Le début en particulier, soupira-t-il, cette tirade féministe contre la société Jolicœur, à faire débander un régiment...

J'acquiesçai, c'était peut-être un peu long, admis-je, un peu hors sujet. Gabriel parut satisfait de ma réaction. Je n'avais plus rien à perdre, il fallait juste que je me retienne de pleurer. De dégorger comme les concombres saupoudrés de sel. Je ne devais pas penser à l'argent, mais à des choses très abstraites, des pans de couleur, des formes géométriques, en hochant régulièrement la tête. L'ensemble manquait de stabilité, expliquait l'éditeur, on s'y perdait, ça sautait du pompier au directeur, de la cuisine aux sous-sols du lycée... Et puis, en admettant que je classe tout ça, que je l'organise, je devais aussi réfléchir à la portée des images que je développais. Les hommes d'aujourd'hui étaient désemparés, ils avaient besoin d'être rassurés, et non déstabilisés par des associations furtives. Les interdits, les frustrations infantiles, les désirs refoulés, les échecs, poursuivait Gabriel en haussant la voix, voilà ce qui fait le lit de la pornographie classique !

La pornographie classique, pensai-je, la table à repasser révolutionnaire, c'était reparti pour un tour. Gabriel Tournon était à son affaire. Dans le monde de l'édition, on le considérait comme le spécialiste de la chose érotique. Il avait publié plusieurs ouvrages qui faisaient référence en la matière. Il se comportait en chef de chantier. Avais-je au moins conscience de décrire des situations angoissantes pour les hommes, ou était-ce l'expression directe de mon inconscient ? Voilà pourquoi il m'interrogeait sur ma méthode de travail. Avais-je écrit ce texte d'un trait, ou s'agissait-il d'une construction préméditée ?

Je hochai de nouveau la tête en guise de réponse. Je devais ressembler à ces chiens sur la plage arrière des voitures. Ces vaches aux cous articulés. La pornographie est une pratique plus subtile qu'il n'y paraît, reprit Gabriel. Vous remarquerez que je parle de pratique, non de phénomène artistique, et pourtant... Pourtant, tout y est du domaine du fantasme, de l'imaginaire. Le rouge à lèvres qui dépasse, les seins siliconés, la vulgarité des décors, la contorsion des membres pour mieux montrer, mieux présenter... Rien n'est naturel dans une production porno, tout est réinventé, codé, surdimensionné. Cela dit, il y a un problème : ces codes changent moins vite que les mentalités. Voilà pourquoi j'ai fait appel à vous, une romancière : je voudrais initier un courant original, quelque chose qui serait à la pornographie ce que la nouvelle cuisine est à l'ancienne. Moins chargée. Moins sauçue. Plus inventive...

Rien n'était énoncé directement en termes

économiques, mais je devinais, tapie derrière les mots, la motivation principale du projet. Il y avait un marché à prendre, de l'argent à gagner. Les journaux féminins qui remplissaient leurs colonnes d'articles sur la sexualité l'avaient compris depuis belle lurette, et les nouveaux magazines destinés aux hommes aussi qui les caricaturaient avec une allégresse affligeante. Même si la qualité des articles laissait parfois à désirer, l'appétit des lecteurs était là, et celui des lectrices, le désir d'éveiller leur imaginaire, le besoin de s'échapper, de répondre à certaines questions qui les turlupinaient. Ne manquait plus que le produit adéquat. Gabriel griffonna quelque chose sur son agenda. Il relut ce qu'il venait d'écrire. Il semblait très content de lui.

— J'ai trouvé le titre, dit-il d'une voix radieuse. Grâce à vous, comme ça, en vous parlant, j'ai trouvé le titre de votre prochain livre !

Il me regardait dans les yeux pour la première fois depuis le début du rendez-vous.

— Je me demande comment je n'y ai pas pensé plus tôt... Des textes courts, de la sensualité, un parfum de découverte...

Gabriel riait en se frottant les mains, il était emballé, conquis par son invention. Il déchira la page du carnet et me la tendit.

— Vous imaginez la couverture, un aplat de couleur mate, du rose peut-être, un rose chair, et l'impact de ces mots ?

L'éditeur avait écrit : « LA NOUVELLE PORNOGRAPHIE ».

La couverture, je la voyais, mais ce que j'avais du mal à imaginer, c'étaient mon nom de famille et mon prénom accolés à ces vingt-deux lettres.

Et la tête de ma mère.

Faire du neuf avec du vieux, du fric avec du foutre, du froc froissé, de la foufoune taillée au cordeau, le tout cautionné par un regard femelle : les hommes allaient s'en mettre plein la turbine pour une petite centaine de francs, et moi, j'allais remplir le frigo. Pour commencer, nous devrions définir une scène porteuse, suggérait Gabriel Tournon, et s'y tenir, la développer, comme n'importe quel texte que vous écririez dans n'importe quelle autre collection. Une scène porteuse? Le pompier, par exemple, voilà ce que j'appelle un personnage porteur. Il est sur sa grande échelle, avec les flammes autour de lui, et comme dans un rêve, à travers un épais nuage de fumée, il vous découvre. Vous êtes à votre fenêtre, face à l'incendie, vous sortez de votre douche, nue, affolée, dégoulinante... Pourquoi me regardez-vous ainsi, j'ai dit une bêtise?

Non, pas de bêtise, je me demandais simplement pourquoi il avait sélectionné la séquence la plus banale de mon texte, cette rencontre entre un pompier et une jeune fille délurée, je ne voyais pas ce qu'il y avait de nouveau là-dedans. J'étais assez fière d'avoir osé placer ma question. L'éditeur ne se démonta pas. La nouveauté, c'est vous, affirma-t-il. Votre regard clair.

Je sortis du café avec un chèque en poche et l'impression d'avoir perdu. Gabriel Tournon gardait mes pages sous le coude, il allait réfléchir à la façon dont nous pourrions tirer parti de cette histoire de repassage. Il faudrait sans doute abandonner l'intervention du directeur au profit de Freddy Picaud, l'assistant, moins repérable au sein de la société. Un technicien agréé, c'est précis et vague à la fois, ça ne désigne personne en particulier, alors que le directeur, Monsieur le Directeur...

Gabriel n'arrêtait pas de parler, il se réjouissait du résultat de notre conversation. Nous avions bien avancé. Il était l'heure de dîner, je pris congé de lui. J'appelai Aline d'une cabine téléphonique. Je ne me sentais pas bien, j'avais du mal à respirer, besoin d'être réconfortée. Elle me donna rendez-vous chez Bartens, pour fêter la signature du premier à-valoir, après nous irions danser. Nous choisîmes un bon bordeaux, deux entrées et deux plats à la carte, marquant ainsi le retour d'une période de prospérité. Je vidai mon verre sans en apprécier le contenu, ce dîner arrivait trop tard. J'avais la nausée, et pourtant je mangeais comme si je n'avais rien avalé depuis deux jours. J'avais besoin d'étouffer quelque chose en moi, et plus j'engouffrais, plus j'avais mal au cœur. Je devais rendre mon travail sur les pompiers le mois suivant

— rendre, oui, c'était le mot approprié. Aline voyait que ça n'allait pas, elle essayait de me rassurer. Tu lui inventes une machine bien bandante et tu prends la caillasse, disait-elle avec la santé qui la caractérisait. Après, grâce à cet argent, tu écris ce que tu as à écrire.

Aline avait débarqué dans ma vie un an auparavant, sans diplômes et sans ambition particulière, recommandée par une de ses cousines que je connaissais à peine. Elle venait de Santa Fe où elle avait passé une partie de son adolescence. Elle savait construire un tipi et reconnaître les champignons hallucinogènes. Nous nous étions tout de suite très bien entendues. Je lui avais proposé de l'héberger et, de fil en aiguille, elle s'était installée chez moi. Sa mère était de nationalité française et son père venait du sud de l'Italie, je ne me rappelle plus très bien comment la famille avait atterri au Nouveau-Mexique, un emploi sans doute, une carrière à suivre — et Aline avait suivi. Elle était parfaitement trilingue, c'est-à-dire qu'elle ne maîtrisait aucune des trois langues, même si elle les parlait toutes couramment. Aline avait appris à être souple, elle passait d'un univers à l'autre sans problème apparent, et c'était cette facilité même qui lui rendait la vie difficile : elle était incapable de choisir, elle ne pouvait que glisser. D'une langue à l'autre, d'un garçon à l'autre et d'un petit boulot à un autre petit boulot.

— Tu finis la bouteille, tu te marieras dans l'année !

Aline ne savait plus quoi inventer pour me dérider. Me marier, la bonne blague, et avec qui?

Sa maladresse ne me faisait même pas sourire. Je m'en voulais de lui infliger mon malaise. Je lui avais raconté en détail le projet de Gabriel Tournon. Elle trouvait le titre fabuleux. La Nouvelle Pornographie, ça lui évoquait la Nouvelle Ève, une boîte de la rue Fontaine. Elle s'enthousiasma à l'idée que l'on puisse gagner sa vie en décrivant des parties de jambes en l'air. Sa gaieté était accablante. J'essayai de lui expliquer que je m'étais trompée, je me sentais aussi peu apte à écrire des textes pornographiques qu'un roman à l'eau de rose, ce n'était pas une question de morale ni de volonté, mais de capacité. Aline ne me croyait pas. Il suffit de t'y coller, disait-elle, tu n'as qu'à piocher dans tes expériences personnelles, pour te mettre sur la piste, après tu improvises. Ce Japonais que tu as rencontré dans l'avion, et l'autre après, avec le stylo où je pense, c'est magnifique cette histoire, non ?

— J'ai déjà écrit un roman qui s'ouvre sur une scène dans un avion, je ne vais pas recommencer...

— Il ne s'agit jamais de recommencer, mais d'approfondir !

Aline ne voulait pas en démordre, il y avait quelque chose à inventer autour des deux Japonais, si ce n'était pas dans l'avion, ce serait dans un train ou une montgolfière, et plus elle insistait, plus la proposition de l'éditeur me semblait irrecevable. Aline aurait dû lâcher prise, mais non, elle s'entêtait. Tu as peur de quoi, disait-elle encore, que ça te salisse les neurones ?

Comme je restais muette, elle dégaina son argument choc.

— Si ça doit te mettre dans cet état, tu fais caissière à Prisu, et on n'en parle plus. En un mois, tu gagnes à peine ce que tu touches en pondant une petite histoire de rien du tout. Et tu es tellement crevée, le soir, tu te poses pas de questions : tu t'endors devant la télé, ça fait des économies de Lexomil.

Je sauçai sans broncher, la tête dans mon assiette. Aline savait de quoi elle parlait. Elle me prit par le menton et tira mon visage vers elle. Je souris en voyant sa mine de belette. Aline, ma sœur, mon amie. Et puis ça te fera du bien, murmura-t-elle, un peu, de te mouiller.

Je me sentis pâlir. Aline avait lu mes livres, elle m'avait vue travailler, comment osait-elle insinuer que j'écrivais en touriste ?

— Je n'ai pas parlé de tourisme, protesta-t-elle, je pense juste que...

Aline répéta, te mouiller, répondre à une commande, écrire quelque chose d'un peu différent de ta différence habituelle, pour un autre interlocuteur, chez un autre éditeur, je ne vois pas ce que j'ai dit d'offensant. C'est bon, parfois, de bousculer ses habitudes, ça donne de la force.

À défaut de bousculer les habitudes, je bousculai la table en me levant. Un verre se renversa, Aline s'écarta vivement, heurtant au passage le bras d'un serveur. J'entendis des exclamations, des rires et même quelques applaudissements (mais ce n'était pas à cause de moi comme je le crus au début : on apportait un gâteau d'anniversaire), puis je n'entendis plus rien. La porte s'enroula autour de mon corps, me délivrant des miasmes de cette sinistre conversation. Je restai un moment devant le restaurant, immobile, comme si j'attendais quelqu'un. L'écailler ouvrait ses huîtres sans effort, il avait un sacré coup de main. Une fille au visage gris me proposa Le Réverbère. Je n'avais pas de monnaie sur moi, mon sac était resté à l'intérieur, et elle dit, assez fort pour que tout le monde puisse l'entendre : ça bouffe chez Bartens et ça n'a pas dix balles pour rendre service. L'écailler me jeta un coup d'œil en biais. Il disposa un dernier bulot sur son plateau de fruits de mer. Je me sentis partir, aspirée à l'intérieur du coquillage. D'un mouvement peureux, je rabattis l'opercule, échappant aux regards des humains en général, et de la fille en particulier. Elle s'éloigna en continuant à râler. Je me posai sur l'un des cylindres de béton qui empêchent les voitures de stationner. Je me souviens de m'être demandé le nom exact de ces choses qui encombrent les trottoirs, des plots, ou des bittes? Des mugs sans anse. Des bocks sourds qui font des bleus, enfoncent les portières, empêchent les poussettes de passer. Et les fauteuils roulants. Quelle est la dernière fois que vous avez vu un handicapé? Des affichettes rondes posant cette question fleurissaient depuis quelques jours sur les murs du métro. Il n'y avait pas besoin de lécher, la technique avait changé depuis mon enfance, les slogans étaient imprimés sur des macarons autocollants. La voix douce de Gabriel résonnait dans mon esprit. Comment avait-il pu prétendre que courait derrière tous mes romans un sous-texte licencieux? Comme si en grattant chaque page enduite de mots, on trouvait un dessin cochon. Pourquoi ne m'étais-je pas défendue? Rien ne m'irritait plus que cette idée d'une écriture proprette, lisse, convenue, sous-tendue par une pensée obscène, tel un coulis de fruits rouges sous une crème pâtissière. Quelle perversité de sa part! J'aurais dû me révolter, mais non, j'avais laissé couler. J'avais même été flattée par cette analyse, ah oui, vous avez bien compris ma méthode de travail, par couches successives, comme pour la peinture de la cage d'escalier. Je me dégoûtais d'avoir pris ses observations au premier degré. En vérité, j'étais une romancière de seconde catégorie, Gabriel l'avait deviné, et c'est uniquement pour cette raison qu'il m'avait exposé son idée. Jamais il n'aurait osé contacter un auteur digne de ce nom. Impossible de dire à quelqu'un qu'on admire : voilà, j'ai un projet pour vous, j'aimerais que vous m'écriviez des nouvelles pornographiques. Ce genre de littérature, il l'avait assez répété, faisait bon ménage avec une certaine médiocrité. Elle se nourrissait d'elle, se vautrait dans les clichés. Comment avais-je pu accepter une telle proposition? Je n'avais plus qu'à déchirer le chèque et disparaître de la circulation. Il y a tant de livres qui sortent chaque année, ça dégagerait de la place sur les tables des libraires, de la place pour les autres, les bons, ceux qui s'engagent. Si Aline le disait, c'était sûrement vrai. Pourquoi aurait-elle menti? Même pour elle, mon amie, ma meilleure amie, j'étais un écrivain frileux, qui ne se mouillait pas. La preuve : je ne racontais pas ma vie, ni celle de mon cousin, qui pourtant est un footballeur très connu. Je n'étais pas un auteur discret, *pas même* un auteur discret faudrait-il dire, s'intéressant aux petites choses de la vie, mais un auteur poltron, tapi derrière ses figures de style, planqué à l'abri de décors incertains — capitales fantomatiques, banlieues à la dérive, paysages recomposés comme des bâches flottantes ancrées aux quatre coins de l'imaginaire par quelques détails irréfutables : le nom d'un café, la saveur d'un plat national, la bicyclette d'un gardien de zoo ou le squelette d'un bébé. Je n'étais qu'une tireuse de ficelles, et si mes romans étaient encore publiés c'était sans doute par habitude. Mon univers n'avait aucune valeur sociologique, il ne représentait rien d'autre que lui-même, c'est-à-dire du gros rien. Oui, je travaillais en gros pour rien, je ne gagnais même pas l'équivalent du revenu minimum, alors à quoi bon m'acharner, à quoi bon, livre après livre, construire du vent? Je devais m'arrêter. Avoir le courage de partir. Je ferais venir un libraire d'occasion, oui, j'allais vendre mes livres avant de vider quelques tubes de somnifères — je ne me raterais pas cette fois, je connaissais les associations mortelles, les cocktails efficaces, j'avais eu le temps d'étudier la question.

Quelqu'un m'appelait, l'écailler, son couteau en l'air, Aline n'avait pas assez d'argent pour régler l'addition. Je retournai dans le restaurant et sortis un chèque vierge de ma poche sous le regard perplexe du patron. Je m'y repris à deux fois pour écrire la somme en lettres. Mon stylo fuyait. Aline me tendit mon blouson. Nous contournâmes la place de la Bastille en silence, l'une à côté de l'autre, sans nous toucher. Vendre mes livres, ces livres qui m'avaient portée, qui m'avaient tenue en vie, soir après soir, voilà ce qui me semblait le plus douloureux dans toute cette histoire. Le feu passait au vert, puis à l'orange, au rouge nous traversions. Les promeneurs trouvaient ça normal, de transformer la couleur en mouvement. Un couple s'embrassait sur la bouche devant le marchand de crêpes. Rue de Charenton, Aline me présenta ses excuses. Elle ne savait pas trop bien de quoi elle devait s'excuser, mais ses bras se refermèrent autour de moi. Je laissai aller ma tête sur son épaule.

— Ce texte porno, dit-elle en me caressant les cheveux, on va l'écrire ensemble, tu veux bien ? J'ai un ami brocanteur qui en connaît un rayon, question pompiers. On ira l'interroger...

Je sentais sa petite main dans la mienne, cette petite main qui me rappelait au monde. La perspective de faire ce travail avec elle me soulagea d'un trait, comme un lavabo qui se vide. C'était fini, le chagrin était passé, ma bibliothèque resterait à sa place et les somnifères aussi, en haut de l'étagère. J'allais écrire avec Aline, ma sœur belette. Nous signerions toutes les deux — oui, j'insistais, je voulais qu'elle signe aussi, même si nous devions choisir un pseudonyme. Tout le monde nous prendrait pour des gouines, on sortirait le nombril à l'air, ou habillées de façon très stricte au contraire, col montant pour les interviews, gris tout ce qu'il y a de plus perle, avec des bottes à talons carrés. Aline m'entraîna dans la grande salle du China Club, c'était à son tour de m'offrir un verre. Je trébuchai en montant les marches, l'alcool avait sur mon corps des effets à rebondissements. Toutes les tables étaient occupées, nous nous assîmes au comptoir. Un jeune homme en pantalon clair vint s'installer à côté de moi.

— Je le connais de vue, glissai-je à l'oreille de mon amie, mais je crois que nous n'avons jamais baisé ensemble.

Aline étouffa un rire.

— Tu fais des progrès, murmura-t-elle, ce Gabriel Tournon a une très bonne influence sur toi.

J'aurais bien aimé être comme ça, certains jours, une fille un peu vulgaire qui se laisse draguer, histoire de se changer les idées. Pour le fun, aurait dit Aline. Mais non, ça non plus ce n'était pas moi. Il fallait toujours que je m'invente une histoire d'amour. Même dans les situations les plus scabreuses, je trouvais un alibi romantique.

— Il te plaît vraiment ? insista mon amie. Moi, je le trouve pas mal. Tu as vu ses cuisses ?

Aline et les jambes des hommes ! Elle avait une passion pour les membres inférieurs, elle regardait tout, le galbe du mollet, la forme du genou, les chevilles, et le tendon d'Achille, le chemin des veines, la puissance des fessiers et la façon dont la jambe s'accrochait au bas-ventre, devant, cette partie tellement sensible qui n'est pas encore le torse, et plus tout à fait la cuisse. L'aine d'un homme, tu te rends compte Marie, penser que chez le plus obtus des phallocrates, il y a ce pli-là, cette tendresse magnifique...

— Alors, il te plaît ?

Mon voisin se tourna vers moi. Nos regards se

croisèrent sans qu'aucune émotion ne vienne me troubler. Visiblement, il attendait un signe de ma part pour engager la conversation. Aline admirait ma capacité à résister aux tentations primaires (par primaire elle entendait le contact d'un sexe bien dur pendant une rumba ou l'invitation directe d'un inconnu à se retrancher dans un coin discret, pourvu que l'homme fût appétissant, et qu'il mît, on ne le répétera jamais assez, un préservatif). Aline cultivait ce genre de rencontres, indispensables à la bonne marche de son mental, comme elle appelait cette partie d'elle-même qui gouvernait ses humeurs. Elle avait besoin d'amour gratuit, sans contribution sentimentale. Je me demandais si le fait d'être trilingue lui conférait une liberté plus grande, ou de plus grands appétits. Un garçon par langue. Ou une langue, un garçon. Parfois elle quittait l'appartement à cinq heures de l'après-midi, m'annonçant qu'elle allait prendre un bol d'air. C'était un peu comme le baldaquin, le bol d'air, en plus mystérieux. Comment trouvait-elle ses partenaires ? Mon Aline revenait quelques heures plus tard un peu dans les vapes. Elle disparaissait sous la douche et longuement se savonnait.

— Vous êtes des habituées du China Club ?

Le jeune homme émettait son premier indice vocal de séduction, qui fut suivi de quelques autres tout aussi envoûtants. Il s'appelait Helmut et travaillait dans le secteur. Oui, nous nous étions déjà croisés, il nous avait remarquées toutes les deux, Aline avec sa mèche décolorée qui lui tombait sur les yeux, et moi, je portais une mini à bretelles taillée dans un sac de la poste. Oui, nous habitions près du marché d'Aligre. Oui, depuis longtemps, née à l'hôpital Saint-Antoine, c'est dire. Oui, quartier sympa dans l'ensemble et, reprit Helmut en fronçant les sourcils, qu'est-ce que vous fabriquez dans la vie?

Aline me sonda du regard.

— Ma copine et moi, nous écrivons des livres pornographiques.

Helmut fit semblant de trouver ça drôle (ah! le son de ce petit rire, il aurait fallu l'enregistrer, dirait Aline, pour se le repasser les jours de déprime). La Margarita commençait à agir. Les lumières avaient changé. Sur nos fronts se dessinaient des ombres mouvantes. Aline renchérit.

— Ça vous intéresse, les trucs pornos?

— Couci-couça, répondit Helmut. J'ai un copain, en revanche, c'est un mordu. Il a tout le matériel chez lui, si un jour ça vous branche...

Helmut nous tendit sa carte de visite professionnelle. Chargé de communication au Tonic-Club, lut Aline, puis elle siffla en secouant la main, comme pour l'essorer. Helmut afficha un air satisfait. Il devait aller se coucher parce qu'il se levait très tôt le lendemain, on lui installait un nouvel équipement informatique, mais vraiment, content de nous avoir rencontrées. Pas banal comme boulot, ah, ah, c'était la première fois qu'il rencontrait des... en chair et en os des...

— Des écrivains?

Helmut rit encore et, afin de démontrer la largesse de son esprit, nous bisa, comme il disait, tiens, je vous bise. Embrasser chez lui n'était pas un mouvement naturel des lèvres, ça se voyait à la façon qu'elles avaient de s'avancer, se tendant vers nos joues, pour ne pas riper. Dommage qu'il soit si tarte, commenta Aline en le regardant s'éloigner, vous auriez fabriqué de beaux bébés tous les deux. Pour une fois que tu tombes sur un type qui a un vrai boulot...

— Oui, approuvai-je, de beaux petits.

Aline me connaissait bien. Elle savait que mon fantasme le plus tenace n'était pas de violer un sapeur-pompier, avec ou sans casque, mais, comme toutes les fillettes nourries aux contes de fées, de me marier, d'être heureuse, et, par conséquent, d'avoir beaucoup d'enfants. Aline me poussait à profiter de ma liberté, ce n'est pas quand tu auras des moutards dans les jambes que tu feras la nouba. Ce sera une autre fête, protestais-je, mais Aline, qui était de huit ans ma cadette, ne comprenait pas de quoi je voulais parler.

Nous rentrâmes à la maison par les petites rues. J'eus droit à mon gros câlin ; repose-toi bien, dit Aline, demain on se met au boulot. Comme chaque soir avant d'éteindre, je regardai ma bibliothèque. J'avais pris cette habitude lorsque j'étais tombée gravement malade, je devais avoir huit ou neuf ans. Un matin, je n'avais plus été capable de me lever. J'avais mal partout, aux genoux, aux chevilles, je ne pouvais même pas poser le pied par terre. Le médecin appelé d'urgence prétendit que je jouais la comédie pour ne pas aller à l'école. Il m'obligea à m'asseoir, je m'évanouis tant la douleur était forte. Il changea d'avis. Je fus examinée par de grands spécialistes entourés d'élèves qui me semblaient tous très vieux. Je devais rester au lit. Un mois, deux mois, au troisième je compris que je n'allais plus jamais en sortir. J'allais mourir, il n'y avait qu'à voir la tête des gens qui me rendaient visite, très enjoués les gens, très encourageants, je n'en avais plus pour longtemps à souffrir, bientôt ce serait fini. Mes camarades de classe m'écrivaient, la maîtresse se joignait à eux pour me souhaiter un « prompt rétablissement », mon cousin m'envoyait du sable par la poste et ma grand-tante me faisait des piqûres de pénicilline le matin, des piqûres de pénicilline le soir, elle ne savait plus où piquer. Chaque jeudi, un homme en blouse blanche venait me tirer le sang. Il remplissait toute une rangée de tubes étiquetés qu'il secouait avant de les répartir dans une mallette de cuir noir. Une fois par mois, le même homme — ou était-ce un autre ? — vérifiait l'état de mon cœur. Je me souviens de ses mains froides lorsqu'il plaçait les électrodes. Je ne mangeais ni sucre ni sel, à cause des doses massives de cortisone qui m'étaient administrées, pourtant je grossissais avec une effrayante régularité. J'enflais, j'étais méconnaissable, sûrement à cause de tous ces livres que je dévorais des yeux. J'avais tellement faim. Ma mère me consolait comme elle pouvait. Mon frère pratiquait ses petites tortures ordinaires, il venait prendre son goûter à mon chevet. Quand il était parti, je ramassais les miettes en cachette. Mon lit avait été installé dans le salon. Je m'endormais en contemplant la bibliothèque de mon père. Tous ses ouvrages étaient là, classés par lui, dédicacés par ses amis, ils n'avaient pas encore déménagé chez la personne qui en avait hérité. Si je mourais pendant mon sommeil, voilà l'image que je voulais lui rapporter du monde des vivants. Et ce n'était pas triste, cette fin-là.

J'ai rêvé d'un homme sans visage qui me caressait doucement la gorge. Il était debout au milieu d'un espace vide et moi assise sur un tabouret à côté de lui. De son corps s'échappait un sexe immense tenu à l'horizontale par des fourches plantées dans le sol. Une femme brune expliquait au public les problèmes d'irrigation liés à ce phénomène impavide. Elle parlait vite en agitant les bras de profil, à la façon des Égyptiens.

La voix enfla, éclipsant l'homme, éclipsant les fourches. Il allait pleuvoir sur le nord-ouest de l'Hexagone. Je rabattis les couvertures et, d'un geste mécanique, aplatis le bouton du radioréveil. J'avais gardé l'habitude de me lever tôt, même si personne ne m'attendait. Je ne perdais pas de vue l'idée de retrouver un jour un emploi, avec un salaire et des obligations, à la différence de l'écriture qui, selon l'image communément admise, n'est pas un travail mais un loisir, ou au mieux un état, impulsion fragile procédant à la fois de l'illumination et de l'effroi, quelque chose comme le

Saint-Esprit glissant par une paille de verre dans l'entonnoir de votre stylo. Je repensai à Gabriel, je me demandai pourquoi il n'allait pas jusqu'au bout de son idée en rédigeant lui-même ses nouvelles pornographiques, il avait l'air de si bien connaître la question. Il lui aurait suffi de s'asseoir devant un clavier, le sexe érigé en guise de baromètre. Les doigts auraient suivi, et suivi le texte idéal. Les mains de Gabriel, longues et osseuses, avec de petits poils roux sur les premières phalanges et des ongles polis, ovales, parfaitement découpés. Se les limait-il avec une lime en carton rose ? J'entendis Aline s'agiter derrière son baldaquin, peut-être se faisait-elle un petit câlin pour se mettre en forme. Le sommier grinçait. Nous l'avions récupéré quand les voisins avaient déménagé, la toile était quasi neuve, les ressorts réguliers, on ne pouvait pas tout avoir : discrétion, confort et gratuité. Je m'habillai sans bruit, espérant que mon amie allait se rendormir. Je ne me sentais pas le courage d'attaquer les pompiers au saut du lit, j'avais besoin de digérer mon rêve. Qui était cet homme tout en verge, cette femme aux allures pharaoniques, et surtout pourquoi ce mot, impavide, que je n'avais jamais employé dans aucun de mes romans ? Il me donnait l'impression de sortir d'un univers imaginé par quelqu'un d'autre. Un tableau, peut-être, ce qui expliquait les traits estompés du personnage masculin, son visage effacé d'un coup de chiffon chargé de térébenthine. J'imaginais le geste rapide de l'artiste, ce besoin urgent d'étirer la peinture, de la déplacer. L'intérêt se portait ailleurs, vers l'endroit où était planté le sexe, sa base, son port d'attache — aucune certitude à ce sujet, mais il me semblait bien haut perché pour se trouver à l'emplacement traditionnel. Si l'homme s'était assis devant une table, il aurait pu enrouler cette chose autour de son assiette. Ou la croiser avec ses bras, la jeter négligemment en écharpe, enfin une multitude de postures élégantes se seraient offertes à lui. Il y avait dans cette verge de pâte à modeler une grâce végétale qui enlevait toute indécence à sa représentation. Le prépuce, un peu lâche lui aussi, bâillait en deçà de la pomme du gland, sans doute trop alangui pour jamais épouser ses courbes pleines. Peut-être ne s'agissait-il pas d'un pénis, au fond, mais d'un cordon ombilical coupé en amont, loin du corps de l'enfant, près du ventre de la mère. Le nœud entouré de soins aurait cicatrisé, le cordon aurait grossi, il se serait développé jusqu'à l'âge adulte, créant ce monstre pacifique, mi-sexe, mi-trompe, souvenir d'un temps révolu où l'homme et la femme vivaient en symbiose. Quelle que fût son origine, cette mollesse assumée, intrépide en effet par son obstination à s'exposer, allait à l'encontre des recommandations élémentaires de mon éditeur. Gabriel Tournon voulait du bien raide, du clairement bandé, je rêvais du tout flasque. Du flasque long, du flasque noué, mais du flasque quand même. Et j'y prenais plaisir, voilà ce qui m'intriguait, cette sensation chaude qui m'accompagna en ce début de matinée, dans la salle de bains, sur le tabouret de cuisine pendant que je buvais mon café, et même devant mon banquier à qui j'expliquai que le chèque de mon nouvel éditeur n'étant que le premier d'une longue série, il pouvait sans risque m'attribuer une nouvelle carte de crédit. Le banquier regardait son écran d'un air peu convaincu. Il prononça le mot *découvert*, et d'autres encore que je n'écoutais pas. Il avait des oreilles pointues qui lui donnaient un air de soupière. J'avais envie de le prendre par les anses et de l'embrasser, cet imbécile qui doutait de ma parole, comme j'avais envie d'embrasser tous les types que je croisais dans la rue, les beaux, les tordus, les pressés, juste pour voir la tête qu'ils feraient. Étais-je vraiment réveillée ? L'image de ce membre énorme, somptueusement alangui sur ses piquets de bois, me donnait un drôle de courage. Je remontai les étages avec mon sac de croissants, prête à décrire tous les pompiers du monde. Jamais depuis ma rencontre avec ce Japonais dans l'avion, celui dont parlait Aline, je ne m'étais sentie à ce point transportée par un être furtif. Je me demandais si le Japonais en question pensait parfois à moi. Rêvait-il qu'une grande femme blanche le prenait dans ses bras ? Se souvenait-il de mon odeur, de la couleur de mes yeux, ou seulement du son de ma voix ? Rien d'avachi, pourtant, dans cet être-là. De la légèreté, oui, de l'enfance, de la grâce, mais nulle nonchalance. Nous allions tous les deux aux États-Unis. Un siège vide nous séparait. J'avais prévu de travailler en vol, je devais participer à une série de conférences sur la place du roman dans la littérature contemporaine et n'avais pas encore terminé la traduction de mon intervention. Nous étions trois écrivains européens dans le même avion, les deux autres venant d'Angleterre — ils avaient été invités au dernier moment, je ne connaissais même pas leur nom. J'arrivai à l'aéroport d'Heathrow avec une heure de retard. Deux passagères faisaient le pied de grue devant le comptoir d'enregistrement. Celle de droite s'avança vers moi, elle s'appelait Loretta Flink et arborait une clef dorée entre les seins. Sa peau mate et ses yeux très noirs étaient les principaux atouts d'une séduction qu'elle réservait aux hommes. Son pantalon était tout neuf, ça se sentait à la façon dont il tombait, indifférent aux hanches qui le soutenaient comme s'il s'exposait encore dans une vitrine, sur les jambes froides d'un mannequin. Je portais une jupe en lin taxée au Bon Marché. J'aimais voyager en blanc, ça me donnait l'impression d'être riche. Je ne m'attendais pas à trouver deux romancières au rendez-vous, les hommes, le plus souvent, se taillant une place majoritaire dans ce genre de manifestation. Les temps changeaient, comme le soulignait le directeur de la société Jolicœur, les intérêts se déportaient, laissant surgir çà et là des timbres de voix différents. Je fis part de mon observation à Loretta Flink qui me regarda comme si je venais d'une autre planète. La clef tressauta, ses lèvres se mirent à bouger. Of course, nous étions des femmes, d'ailleurs nous avions été choisies uniquement pour cette raison, afin de respecter le quota imposé par l'américaine faculté. Je me demandais comment elle pouvait dévaloriser à ce point son travail. L'autre participante, une certaine Edwige nageant dans un jean ciré retenu sur les hanches par un gros ceinturon, vint compléter l'assertion de sa compatriote : nous étions les porte-parole de toute une génération de femmes, c'était pour elles que nous étions ici, pour elles que nous écrivions. Je lui fis remarquer que trois hommes invités par la même institution l'auraient été en tant qu'écrivains tout court, sans avoir à représenter le genre masculin.

— À moins qu'ils ne soient homosexuels, corrigea Loretta.

— Oui, s'ils sont pédés, ils parleront pour les pédés, confirma Edwige.

Je compris que nous allions rencontrer quelques problèmes de communication, et ce ne serait pas simplement une question de langue. Je tentai une ultime réflexion sur le danger des cloisonnements, ces nouveaux ghettos dans lesquels nous ne devions pas nous laisser enfermer. Je prônais une écriture large du monde, n'osant pas utiliser le terme « universelle » qui me paraissait un peu prétentieux, et comme les deux romancières m'écoutaient sans réagir, je m'entendis prononcer cette phrase que je regrettai aussitôt : Si j'écris, n'est-ce pas pour comprendre ce qui n'est pas moi ?

Edwige afficha un sourire compatissant. J'eus le sentiment pénible de descendre encore d'un cran dans son estime. Elle ne me prenait plus pour une extraterrestre, mais pour une attardée, et le plus douloureux dans toute cette histoire, c'est qu'elle avait sans doute raison. Avec des arguments de ce genre, grommela Loretta en sortant un paquet de chewing-gums sans sucre, rien ne changera jamais. Edwige allait renchérir mais heureusement elle fut coupée dans son élan : une voix appelait les derniers passagers. L'hôtesse avait un chat dans la gorge et son message se termina par une quinte de toux. Elle devait croire que son micro était fermé car nous l'entendîmes très clairement insulter les retardataires. Ma valise fut enregistrée. Edwige et Loretta se penchèrent sur leurs cartes d'embarquement, puis sur la mienne.

— Quel dommage, s'exclama la première d'un air enchanté, nous ne sommes pas avec vous !

Une dizaine de rangs nous séparaient. Le Japonais était déjà assis lorsque j'arrivai à ma place. Il inclina plusieurs fois la tête en signe de bienvenue et déplaça son sac de voyage, je vous en prie, il ne me gêne pas du tout, l'homme avait un visage bienveillant, il ne parlait pas français, je traduisis en anglais, alors il reposa son sac au pied du siège vide. Je lui dis que je venais de Paris, les vols transatlantiques étant moins chers au départ de Londres, mais nous avions été retardés à cause du brouillard. Je ne sais pas pourquoi je lui racontais ma vie. Le Japonais était si menu qu'il flottait dans sa ceinture. L'hôtesse la lui régla en se penchant sur moi, nous allions décoller, il n'y avait plus de temps à perdre, elle leva un peu la jambe pour atteindre la boucle de fer. Je sentis son parfum, ou plutôt l'odeur de son déodorant, un mélange de talc et d'eau de Cologne. Quelqu'un m'appelait, je vis deux mains baguées s'agitant comme des marionnettes au-dessus des sièges : Edwige et Loretta me souhaitaient un bon voyage. Elles me firent passer un exemplaire de leurs derniers romans, avec des dédicaces chaleureuses. Ce signe me rassura. J'étais à côté de la plaque, certes, mais mon cas ne leur semblait pas désespéré.

Peut-être me faisais-je des idées.

Il y eut à boire, on nous servit un repas, l'avion traversa une zone de turbulences : je n'avais toujours pas travaillé. Le Japonais m'avait regardée manger avec curiosité, admirant ma manière de couper la viande dans un si petit ramequin sans en mettre partout à côté. Lui-même était végétarien, il avait retenu un menu particulier qu'il picora d'un air sceptique. Son front lisse se couvrait de gros plis lorsqu'il mâchait. Il but une bière en apéritif, très vite, puis une autre quand le chariot repassa dans la travée. Il quittait pour la première fois son pays natal. Non, il n'était jamais allé en France, une prochaine fois peut-être, maintenant que nous nous connaissions. C'est à cet instant précis, lorsqu'il prononça le vœu de me retrouver un jour, à Paris, que mon cœur commença à battre de ce rythme très particulier, un peu acide, qui transformait mon corps paisible, mon corps assoupi, en mécanique amoureuse. Cette accélération sensible donna naissance à toute une série d'effets secondaires que j'essayai sans grand succès de maîtriser. La paume de mes mains se mit à transpirer, j'avais très chaud soudain, il fallut que j'enlève ma veste, puis ce fut la rigole sous mon nez qui se couvrit de gouttelettes, mes paroles se déclinaient en anglais avec une aisance inhabituelle, les mots ricochaient sur les rires, et le Japonais accueillait ce déferlement avec une évidente satisfaction. Pour accompagner le thé fadasse que l'hôtesse venait de lui servir, il tira de son sac un bloc de pâte brune emballé sous vide. Le plastique épousant la forme gélatineuse était très épais, il n'arrivait pas à l'entailler avec le couteau réglementaire distribué sur les plateaux. Je tirai mon canif gagné à la foire du Trône et transporté illégalement dans ma trousse, oui, je sais, aucun aérosol, aucun objet tranchant. Le Japonais ouvrit une saignée dans le paquet. La pâte s'épanouit entre les lèvres translucides, dégageant une odeur de terre mouillée. Je pensai à la poitrine d'Aline, sa façon de la comprimer dans des sous-vêtements trop petits, comme si sa peau ne suffisait pas à la séparer du reste du monde. Je crus comprendre qu'il s'agissait d'un dessert à base de haricots rouges. Sa mère lui en préparait chaque semaine — oui, fils unique, né à Osaka —, mais celui-là était de fabrication industrielle, sa mère avait rendu l'âme au premier jour du printemps, est-ce que je voulais quand même essayer?

Je n'eus pas le temps de répondre ni, *a fortiori*, de présenter mes condoléances : le morceau qui m'était destiné atterrit mollement sur ma jupe blanche. D'un coup de fourchette rapide, le Japonais le fit sauter pour que la tache ne prenne pas, comme il disait en anglais, et en effet, malgré sa couleur soutenue, le dessert ne laissa aucune trace sur le lin. Le Japonais releva l'accoudoir sous lequel avait atterri l'indésirable et, comme s'il s'agissait d'un être vivant, le captura dans une serviette en papier. L'affaire réglée, il me présenta ses excuses. Il était sincèrement désolé, confus, il ne savait comment se faire pardonner. Une autre lamelle me fut présentée. Le dessert avait un goût étrange, très mat, à la fois frais et rugueux. Mon voisin se régalait. Pour la première fois depuis le décollage, je sentis qu'il s'éloignait de moi. Il s'abandonnait à cette texture familiale, cette saveur qui devait ranimer tant de souvenirs. Ses gestes étaient précis, couper la tranche, la poser sur sa langue, refermer lentement la bouche. Le rituel se poursuivit jusqu'à ce que l'hôtesse vienne débarrasser. Alors, à ma grande surprise, le Japonais enfourna d'un coup le reste du bloc, il le goba, faudrait-il dire, pressant la fente contre ses lèvres et aspirant, avant de remettre son plateau à l'hôtesse. Ce n'était pas très joli, ces joues déformées, un peu monstrueux, et le Japonais ne semblait pas s'en inquiéter. Pour ne pas le gêner, je sortis le livre que Loretta Flink m'avait dédicacé. Comment pouvait-elle accepter que son texte fût publié sous une telle couverture ? Une fillette peinte de façon grossière sautait à la corde devant un homme qui, je l'apprendrais dès la première page du récit, n'était pas son père. On aurait dit une Lolita version Harlequin, avec tout ce qu'il faut d'innocence dans les couleurs et de vulgarité dans le trait pour transformer une œuvre de l'esprit en objet de consommation rapide. La photo de Loretta trônait en quatrième, retouchée probablement, ou ne datant pas d'hier, comme s'il eût été moins vendeur de présenter le vrai visage de l'auteur : ses mots, tout simplement. Je me demandai comment étaient conçus les livres japonais. Je me tournai vers mon voisin. Son visage avait retrouvé sa forme initiale, sa peau était lisse, ses yeux clos. Quel âge pouvait-il avoir ? Vingt-cinq, trente-cinq ans ? À cet instant, je lui en donnais seize. Sa tête penchait vers la droite, ses pieds étaient relevés sur son siège. Il ne m'avait pas dit qu'il était fatigué, qu'il allait dormir, enfin il n'avait prononcé aucune de ces phrases simples qui auraient scellé notre complicité par-delà son sommeil. Mon cœur ralentit, une fois de plus je m'étais fait des illusions. Je me plongeai dans le livre de Loretta, heureuse de trouver un remède minute à ma déception. Elle décrivait à la première personne son enfance en Irlande sous la tutelle d'un beau-père obsédé par la propreté qui, dans ses dérives alcooliques, l'obligeait à récurer chaque centimètre du sol avec une brosse de chiendent. Elle avait gardé de ces temps difficiles deux excroissances en dessous des genoux, cals osseux qui lui rappelaient encore aujourd'hui la tyrannie de cet homme par ailleurs très beau et d'une intelligence redoutable. De sa mère on parlait peu, je me demandais comment était morte celle du Japonais, maladie, accident ? Le Japonais qui bougeait souvent : il devait rêver. Je n'arrivais pas à me concentrer, ma main se desserra malgré elle, le livre glissa à mes pieds. Je me réveillai trois quarts d'heure plus tard avec la sensation étrange d'avoir changé de forme. Un organe avait profité de mon sommeil pour se développer dans mon corps. La pâte brune sur ma jupe, l'effet astringent du haricot rouge, je crois que je m'assoupis encore quelques minutes et rêvai que ma grand-mère de Bretagne me renversait une casserole de porridge tiède dans le nombril, comme si elle voulait en faire un moulage. Le cataplasme s'étalait lentement et la vieille dame aux cheveux gris continuait à verser, c'était une casserole sans fond, pensai-je en ouvrant les yeux, des flocons sans faim, il neigeait à présent et sur cette image de blancheur hivernale je repris vraiment conscience. Je vis d'abord ses cheveux noirs. Le Japonais s'était allongé. Sa tête reposait sur mes genoux, les yeux tournés vers moi, vers mon ventre.

Mon cœur se remit à battre très fort. J'aurais pu glisser ma main sous son épaule et, lentement, intimer à ce corps endormi l'ordre de changer de place. J'aurais pu bouger, me secouer un peu, j'aurais même été autorisée à me lever sous prétexte d'aller aux toilettes, mais je ne fis rien de tout cela : je restai immobile, émue devant un tel abandon. J'écartai légèrement les cuisses pour que l'homme ne soit pas gêné par les plis de ma jupe. Je remarquai une cicatrice sur le haut de son front, un petit trait bien droit suivi d'un arc de cercle qui ressemblait au signe de ponctuation que les Espagnols placent au début de leurs questions. ¿S'était-il battu?¿Avait-il reçu un objet tranchant tombé d'un toit? Une tuile, un pot de fleurs ou une pièce comme ce musicien qui, jouant de l'accordéon dans une rue paisible, se retrouva aux urgences : un des généreux auditeurs du sixième étage n'avait pas respecté la tradition qui voulait que l'on enfermât son obole dans un morceau de papier avant de la jeter par la fenêtre, ce qui avait valu à l'accordéoniste trois points de suture et une histoire à raconter pendant les spectacles qu'il donnait aujourd'hui dans des espaces clos, anecdote que personne ne croyait — et pourtant c'était vrai, le coup de la pièce tombée du ciel. Le Japonais se retourna, il était de profil maintenant, son nez entre mes jambes. J'avais envie d'embrasser cette marque creuse, un peu plus claire que le reste de la peau, envie de poser mes lèvres autour de la cicatrice. J'aurais, en descendant, léché la virgule de peau qui protégeait le coin de ses yeux, j'aurais essayé de la soulever du bout de la langue. Tout le monde dormait autour de nous, seuls les personnages du film projeté sur l'écran se démenaient encore pour faire croire qu'ils étaient vivants. Je soupirai, je n'arrivais pas à respirer normalement. Je regardai ses mains, coincées entre ses cuisses, il avait froid sans doute, je remontai sa couverture et la calai sous son épaule. Le Japonais était un peu enrhumé. L'air entrait par son nez, je voyais sa narine extérieure se dilater, puis se creuser quand il ressortait par l'autre voie, cette bouche entrouverte qui donnait envie d'y glisser un doigt. Je sentais son souffle chaud sur mes lèvres d'en bas, son souffle élastique qui me caressait sans relâche, scandant le monde, notre monde suspendu entre ciel et terre car nous avancions toujours ; voilà qui me troublait plus que tout, cette poussée énorme de l'avion sur le ciel comparée au souffle minuscule qui me réchauffait, cette onde transformée par l'intérieur de son être, cette onde qui me parlait de ses poumons, de sa gorge, de son palais : je me penchai lentement vers lui et inspirai son expiration, les mains en entonnoir, comme pour écouter son secret, sentir l'odeur de sa langue, sentir l'odeur de ses dents et le tenir en haleine — emboîtés nous étions, l'un sur l'autre, l'un dans l'autre, et je bloquai ma respiration afin de garder en moi cette partie de lui, je comptai jusqu'à dix, jusqu'à vingt, j'étais un ballon, son ballon à la blanche peau, ma tête tournait, et je me disais que la vie valait la peine, j'aurais pu pleurer pour une phrase comme celle-là, la vie vaut la peine, la vie suffit, mais le Japonais bougea, il respirait de plus en plus fort, peut-être se caressait-il sous la couverture, il gémissait maintenant et d'entendre cette plainte me bouleversa. Je sentis mes orteils se recroqueviller, mon corps se couvrir de sueur, se crispant autour de cette vague qui m'emportait ; je serrai mon poing contre ma bouche, prenant tout sur moi, tout en moi, au creux de mon ventre dans un soubresaut, un frisson glacé. Le Japonais brusquement détendit ses jambes, sur son visage s'imprima un masque tragique, puis tout redevint calme et chaud.

Autour de nous, rien ni personne n'avait bougé.

Quelque temps encore je fus le socle de son sommeil, son sommeil érigé à l'état de statue. Par mégarde, ou volontairement ? son bras droit se dégagea de la couverture et vint se réfugier derrière mon dos. Je relevai un peu mon pull pour que sa main touche ma peau. L'étreinte s'alanguit, le film s'achevait, quelques passagers se dirigeaient vers l'arrière de l'avion. J'avais la gorge sèche, mais je ne bougeai pas. Le Japonais encore une fois gémit, puis saisissant la couverture se retourna brusquement vers le hublot. Je m'étirai, j'avais mal aux reins soudain, comme si le poids manquant du Japonais avait détruit l'équilibre de mon corps. Je ne me lassais pas d'observer son visage, ses larges pommettes, je vis ses paupières se soulever et son regard prendre possession de moi.

— J'ai bien dormi, dit-il, sans que rien ne laisse supposer qu'il était conscient de ce qui venait de se passer entre nous. Et vous ?

And you ? répéta-t-il un peu plus fort.

J'avais les larmes aux yeux, voilà ce que l'éditeur

ne comprendrait jamais, ce désarroi au moment de répondre à la question du Japonais, cette solitude immense alors que nous étions encore là, tous les deux, assis l'un à côté de l'autre dans l'avion, deux corps potentiellement frottables, léchables, triturables, deux corps échappés du calendrier et des obligations professionnelles, vous vous rendez compte, Marie, ce que vous auriez pu inventer avec le petit Japonais ? Vous me proposez une situation en or et qu'est-ce que vous en tirez ? Vous échangez quelques propos gênés, enfin vous, Marie, vous semblez gênée, le Japonais se contente de se frotter les yeux avec vigueur, il est simplement mal réveillé. Pour échapper à ses questions, vous ramassez le livre de Loretta Flink et poursuivez votre lecture. La petite fille grandissait, elle rêvait de retrouver son vrai père, un ressortissant de Belize dont sa mère avait été follement amoureuse. Mais le beau-père, lui aussi, était follement amoureux. Amoureux, comme le suggérait la couverture, de sa belle-fille qu'il regardait sauter à la corde depuis tant d'années. Le Japonais voulait sortir, je mis le livre sur le côté pour le laisser passer. Pourquoi emportait-il son sac, avait-il peur que je fouille dedans ? Une collation fut servie, je lui commandai un thé nature, le thé refroidit, le plateau intact retourna dans la main de l'hôtesse, le Japonais n'était toujours pas revenu. Et s'il lui était arrivé quelque chose ? Je décidai d'aller inspecter l'avion. Je saluai au passage Edwige et Loretta qui étaient toutes les deux en train de se mettre du rouge à lèvres, penchées sur leur miroir de poche. Elles avaient hâte de sortir de là, dirent-elles, hâte d'arriver à l'hôtel, de prendre une douche et de se coucher. Avais-je bu beaucoup d'eau pour éviter les effets du décalage horaire ? Je me demandai pourquoi elles se maquillaient si elles envisageaient déjà de se mettre au lit. Je découvris le Japonais au fond, allongé sur trois sièges vacants. Il dormait à poings fermés. Je restai quelques minutes près de lui, mais comme je gênais le passage, je dus retourner à ma place. Bientôt, l'hôtesse le réveillerait pour l'atterrissage. Peut-être reviendrait-il à côté de moi. Le signal des ceintures s'alluma, il fallait écraser sa cigarette. Le Japonais avait décidé de s'éloigner. Je pensai un instant écrire un mot pour lui laisser mon adresse à Paris, mais finalement j'abandonnai mon projet. S'il voulait savoir où j'habitais, il viendrait me le demander. L'avion toucha le sol, un bus fut avancé, la frêle silhouette s'y engouffra. Loretta me rejoignit, toute pomponnée, elle avait changé de chemisier. Son pantalon était toujours aussi impeccable, je me demandai comment elle s'était arrangée pour qu'il ne prenne pas un pli. Je passai ma main sur la jupe pour la défroisser. Un fil noir restait accroché au tissu, un cheveu, dit Edwige. Elle le saisit et le jeta en frottant plusieurs fois son pouce contre son index. De l'autre côté du carrousel où tournaient les valises, je vis le Japonais qui attendait en s'appuyant sur un chariot. Je lui adressai un petit signe de la main, il me sourit tendrement, un sourire large, lumineux. Ma valise arrivait à ma hauteur, je me penchai pour la dégager du tapis. Lorsque je me relevai, le Japonais s'était évanoui. Je le cherchai longtemps du regard, je voulais lui donner mon adresse finalement, et dans les restaurants japonais du quartier de l'Opéra, il m'arrive encore de le chercher. Plusieurs années se sont écoulées. Loretta m'envoie toujours une carte à Noël, Edwige signe en bas, elles sont restées très proches. Je dévisage les clients — les Japonais ne comprennent pas, ils n'aiment pas être observés pendant qu'ils mangent. Vous désirez une table, vous êtes combien ? Non, j'attends quelqu'un, il n'est pas arrivé, ou je me suis trompée d'adresse. Une fois je crus le reconnaître sur l'esplanade du musée d'Orsay, je m'approchai, je n'arrivais pas à voir s'il avait une cicatrice. Il eut un mouvement de retrait, comme s'il avait peur que je ne l'agresse. Pour le rassurer, je lui demandai l'heure. Il tendit son poignet vers moi. Comme je restai là, sans bouger, il me dit avec un accent indéfinissable qu'il allait visiter l'exposition. Nous échangeâmes quelques informations d'ordre général. Il vivait en Hollande où il avait obtenu une bourse pour étudier les arts plastiques. Il avait un nom difficile à mémoriser, quelque chose comme Shusaku. Je le laissai entrer dans le musée et, n'ayant pas grand-chose à faire, m'arrangeai pour être là au moment où il ressortit. Ce jeune homme m'intriguait, il ressemblait tant au passager de l'avion, il m'attirait même un peu, mais il ne m'impressionnait pas. Je me sentais capable de faire avec lui ce que je n'aurais jamais osé faire avec l'autre — ni avec quiconque, en vérité. Je n'avais pas besoin de l'apprivoiser, il était posé là, comme un elfe sur mon chemin, une doublure, un être de papier. Je le suivis par jeu, j'aimais voir ce qui attirait son attention, une librairie, une boulangerie, un avis de recherche agrafé sur un arbre, avec la photo d'un caniche, et une autre affichette plus loin annonçant une soirée karaoké. Il avançait, j'avançais, j'étais l'écho de ses pas, ces pas qui venaient eux-mêmes ricocher sur le souffle du premier Japonais. Son pied droit partait un peu de travers, alors que l'autre se posait bien devant, je mis longtemps à remarquer ce détail qui expliquait l'ondulation asymétrique de ses bras. Ses cheveux raides, coupés très court, dégageaient une nuque qui appelait la main. C'était un geste qu'il répétait souvent, mécaniquement, presque chaque fois qu'il s'arrêtait devant une vitrine : ses doigts cherchaient leur place sur les vertèbres cervicales, ils corrigeaient la faille, rétablissaient la ligne, renforçant le support de cette tête qui me paraissait très grosse soudain, énorme pour un cou si frêle. L'envie de toucher ce creux me décida à interrompre ma filature. J'accélérai le pas et, le dépassant, laissai tomber mon journal. Nous nous baissâmes en même temps pour le ramasser, il me sourit en clignant des yeux, je compris à sa façon de garder l'objet dans ses bras qu'il avait plaisir à me reconnaître.

— On se croirait dans un film en noir et blanc, dit-il, comme si cela représentait le summum de l'exotisme.

Pour fêter ce qu'il appelait une coïncidence, je lui proposai d'aller boire un verre dans un bistrot que je connaissais. Après deux consommations et quelques arabesques verbales, il n'avait plus qu'une seule idée : m'entraîner dans sa chambre d'hôtel. Il n'eut pas trop à insister. J'avais envie de voir comment il était construit, où s'arrêtaient ses poils, s'il en avait, et comment son cou était relié à ses épaules. Il était de très bonne humeur, bien qu'un peu fatigué par notre longue marche et sa visite au musée d'Orsay. Je lui proposai d'enlever ses vêtements et de s'allonger sur le lit. Son sac à dos traînait dans un coin, je remarquai un carnet de croquis, j'aurais bien aimé le feuilleter. Qu'avait-il retenu de son séjour parisien? J'allumai la radio intégrée à la table de nuit. Le placage se décollait un peu, mais la chambre était propre et, me dit-il, les prix modérés. Un groupe de voix s'éleva, puis un autre, je reconnus le Requiem de Fauré. Shusaku était nu à présent, étendu sur le dos, les yeux fermés. Je fus étonnée par le nombre de grains de beauté qui jalonnaient son ventre, grains de beauté mis en valeur par des muscles très fins, très dessinés. Ses hanches étaient longues et saillantes. Je lui demandai de se retourner. Il m'obéit de bonne grâce, il devait penser que c'était une habitude française, cette façon d'inspecter les corps. Sur les épaules et sur les jambes, les grains de beauté toujours, de différentes consistances, des renflés, des tout plats, très noirs, encadrant la ligne droite de sa colonne. Je ne savais plus trop quoi faire de lui, je n'avais pas envie de me déshabiller. Il me demanda de le masser. J'allai prendre un stylo dans mon sac, le stylo qui venait de signer ma nouvelle carte d'identité, et, doucement, avec la même encre, la même bille de métal, traçai une ligne le long de son mollet droit, puis de sa cuisse imberbe, comme la couture d'un bas de soie. Shusaku frétillait, je lui demandai de ne pas bouger. Mais qu'est-ce que tu fabriques? Je te masse, c'est une technique ouzbek, là-bas ils font ça avec des branchettes. Il m'encouragea à poursuivre, il aimait l'idée, selon ses propres termes, de se faire écrire dessus. J'improvisai une lettre d'amour sur le rond de ses fesses. La peau était fine, légèrement plus foncée, la pointe glissait en arc de cercle, une phrase d'un côté, puis une autre de l'autre, jusqu'à ce qu'il n'y eût plus de place, plus que le trou. Il me suggéra de lui caresser l'anus à la façon ouzbek, ou de toute autre façon qui me conviendrait, l'anus, oui, c'est bien ça qu'il me proposait, de le lécher, là d'où sortait la merde. D'y enfoncer le bout de ma langue, ou quelques doigts mouillés. Pour m'inciter à le faire, il se mit sur les genoux et poussa ses reins vers mon visage. Son sexe battit l'espace ouvert entre son ventre et le lit, ses grenades étaient très ramassées, elles s'accrochaient le plus haut possible, comme si elles redoutaient d'être lâchées en route. Je n'avais jamais été tentée par ce genre de baiser, j'avais peur de vomir, à cause de l'odeur, l'inévitable odeur et le goût que je pressentais, tout ça sale, très sale, très inhibé par des années d'éducation à la propreté. Comme il insistait, que j'avais un peu bu et qu'il était gentil, je crachai sur mon stylo et le fis pénétrer pour signer dans les plis. Le Bic s'enfonça en godillant, avec cette même résistance au début qu'au passage d'un thermomètre, puis cette impression qu'une petite bouche l'aspirait de l'intérieur. Les muscles palpitaient autour du corps translucide. En prenant du recul, il fallait reconnaître que ça avait du chien, ces fesses lisses recouvertes de mots, avec le bouchon bleu de la pointe Bic qui dépassait, la ligne sombre s'étirant jusqu'au talon, et, par en dessous, jouant au croquet, la verge jaune qui se balançait. Shusaku, interrompant mes considérations esthétiques, me demanda ce que j'avais écrit. Je lui dis de ne pas bouger, j'allais lui apporter une glace. Il tendit le bras vers la table de nuit et, s'étirant de tout son long, changea de fréquence. Au lieu de reposer sa main devant lui pour soutenir son corps, il la glissa entre ses cuisses. Une musique rythmée s'éleva, des hurlements de loup et une voix déformée qui répétait toujours les mêmes onomatopées. Je n'avais pas de miroir dans mon sac, celui de la salle de bains était scellé dans le mur, et puis Shusaku était-il capable de lire non seulement le français, mais le français à l'envers? Je profitai de l'irruption stridente d'une guitare électrique pour quitter la chambre. L'ascenseur sentait l'eau de Javel. Le réceptionniste me demanda si le Japonais restait pour la nuit. Je me mis à bredouiller, j'étais gênée soudain, comme s'il avait pu nous voir sur son écran de surveillance.

— Votre ami a réservé pour deux jours, insista-t-il, pas pour trois.

Shusaku devait encore être allongé sur le lit, le Bic tendu, le bras vaillant, j'aurais trouvé dommage que la sonnerie du téléphone vienne le déranger, et comme le standardiste s'apprêtait à composer le numéro de la chambre, je l'obligeai à raccrocher en posant ma main sur la sienne.

— Il dort, assurai-je, ce n'est pas la peine de le

réveiller. Son départ a été reporté, il a dû oublier de vous avertir.

Le réceptionniste remercia. N'en pensait pas moins. Je crois qu'il m'avait prise pour une prostituée, il est vrai que je portais ce jour-là des cuissardes et une robe chaussette. La porte de l'hôtel claqua, il faudrait réviser le groom, un passant qui venait en sens inverse me fit remarquer la couleur du ciel.

— Vous avez vu, dit-il en agitant un sac en plastique plein d'autres sacs en plastique, ça va pétouiller !

Je regardai en l'air. Shusaku était à la fenêtre, il me cherchait des yeux. Avait-il gardé le stylo ? Une rue descendait sur la droite, je m'y engouffrai. Ma lâcheté me faisait battre le cœur. Il m'avait vue tourner, je suis sûre qu'il m'avait vue, je n'avais pas été assez rapide. L'homme aux sacs m'emboîta le pas. Je repensai à cet ami qui, ayant séduit une soprano italienne, la persuada de chanter pour lui, une nuit de pleine lune, dans les jardins de Bagatelle. Il connaissait un passage facile à escalader pour entrer en dehors des heures d'ouverture. La jeune femme portait une robe du soir et des pendants d'oreilles. Elle se planta entre deux massifs de roses et, les mains jointes, les yeux fermés, se mit à chanter. Bouleversé par ce récital dont il était le seul spectateur, mon ami s'éclipsa avant la dernière note, laissant la femme seule avec sa longue robe et ses boucles dorées. C'était tellement beau, répétait-il en me rapportant son exploit, tellement extraordinaire, je n'ai pas pu rester, je ne voulais pas ternir par d'inutiles compliments ce moment d'exception — et moi, pendant qu'il parlait, je pensai à la pauvre fille qui avait dû se débrouiller toute seule pour ressortir du jardin. Je n'avais plus revu cet ami, d'ailleurs je ne sais pas pourquoi je dis que c'est un ami.

— Devine qui a téléphoné ? demanda Aline en m'ouvrant la porte d'entrée.

Ma mère ? Non, pas ta mère. Je lui fourrai le sac de croissants dans les mains. Gabriel Tournon avait laissé deux messages empressés, il voulait avoir de mes nouvelles, espérant que ses critiques n'avaient pas entamé mon inspiration. Il tenait à me renouveler sa confiance, je devais le savoir, ne jamais l'oublier, j'étais exactement la personne qu'il lui fallait, l'écrivain idéal pour mener son projet à sa quintessence. Le signal sonore annonçant la fin du temps de parole interrompait son dithyrambe. Qu'avait-il besoin de forcer les traits, doutait-il à ce point de mon engagement ? Au lieu d'en rester là, il avait rappelé quelques minutes plus tard pour ajouter encore quelques compliments (en fait, il se félicitait lui-même de son propre choix), puis il me bassinait avec des histoires de délais. Une sortie en l'an 2000, disait-il, ça aurait de l'allure, non ? Nouveau siècle, nouvelle pornographie...

Il suffisait d'exercer une légère pression sur un

bouton minuscule pour effacer les messages — pression que j'exerçai avec un plaisir légèrement sadique. Aline me rejoignit près du téléphone. Elle avait une miette de croissant sur la joue.

— Alors, demanda-t-elle, on se le fait, ce pompier ?

Dans la cuisine, tout était fin prêt. Aline avait empilé la vaisselle, vidé la poubelle et rangé dans le frigo les petites choses qui traînaient. L'ordinateur portable, le dictionnaire, l'imprimante, le cendrier, le papier et les crayons à papier, jusqu'au verre d'eau préparé sur le coin de la table m'invitaient au passage à l'acte. J'ai toujours la gorge sèche lorsque j'écris, peut-être parce que je réfléchis la bouche ouverte ce qui me donne, oui Aline, j'en suis consciente, un air idiot. Parfois, je place mon poing à demi fermé sous mon nez, ce qui cache la béance — l'odeur de ma peau m'aide à trouver les mots. Aline avait pensé à la scène, à son avis il ne s'agissait que de s'y mettre, et, comme je doutais de la facilité de l'entreprise, elle m'en offrit sur-le-champ une démonstration magistrale. Je me souviendrai toute ma vie de sa façon de se lancer dans le vide, sans notes, sans filet. Je tapai sous sa dictée le récit d'une rencontre torride entre un pompier et deux jeunes femmes qui n'étaient pas le contraire de nous. Elles portaient nos noms, adoptaient nos gestes, pourtant j'avais du mal à me reconnaître. Était-ce ainsi qu'Aline me percevait ? Il y avait trop de différences, ou trop de similitudes, pour ne pas se sentir mal à l'aise. Enfin je laissais dire, rien ne pouvait arrêter mon équipière qui, les yeux fixés sur la gazinière, déroulait sa vision. La première page se construisit par contagion, d'analogie en analogie, une phrase, puis une autre phrase, tout ça un peu bâclé, évidemment, mais au moins l'écran se couvrait de signes. Aline roulottait le bout de son foulard comme si elle s'apprêtait à l'enfoncer dans le chas d'une aiguille. Parfois, des mots lui venaient à l'esprit en anglais ou en italien et il fallait traduire.

— Comment dit-on « dude », en français?

Je ne savais pas, j'inventais, mais l'imagination bientôt se révéla insuffisante : malgré l'envolée spectaculaire du début, nous fûmes vite bloquées par notre ignorance. Nous manquions de bases documentaires sur la vie des casernes, et, tout pornographique qu'il fût, le récit en souffrait. Aline un peu déçue essaya de pallier cela en se roulant un petit pétard, comme si le fait d'allumer quelque chose pouvait nous rapprocher du monde des pompiers — et en effet, le cannabis eut sur sa mémoire un résultat spectaculaire. Elle se rappelait soudain la devise inscrite sur leurs casques. Mourir ou Périr, disait-elle en ouvrant des yeux ronds, c'est pas extraordinaire ça, Mourir ou Périr?

J'avais beau lui répéter qu'elle faisait erreur, elle ne voulait pas en démordre. Au contraire de la majorité des utilisateurs, Aline devenait agressive lorsqu'elle fumait. Elle m'expliqua la différence entre les deux termes, mourir d'un côté, périr de l'autre, leur implication émotionnelle et le message qui sous-tendait leur fausse redondance : le pompier devait aller non pas au-devant, mais au-delà de la mort, la transcender. Cette formule avait une fonction magique, les enfants ne s'y trompaient pas qui rêvaient de monter dans le gros camion rouge : elle transformait ces hommes en héros.

La bonne odeur d'herbe brûlée prenait possession de la cuisine, il pleuvait, de grosses gouttes qui rampaient le long des vitres. Le mastic avait besoin d'être changé. Les envolées de mon amie me faisaient sourire, sa mauvaise foi aussi. Je me sentais bien avec elle. Les prévisions météorologiques entendues à la radio le matin même se confirmaient. Je revoyais l'homme au sexe d'anguille avec sa fourche et son béret (portait-il vraiment un béret dans mon rêve, ou venais-je de l'inventer?). Aline me demanda de relire le texte à voix haute. J'avais l'impression d'être dans une serre, protégée du monde extérieur par des rideaux de mots. Une seconde lecture confirma notre intuition : ce début n'était pas sans charme, mais il ne débouchait sur rien. Les corps ne produisaient aucune image qui leur était propre. Il manquait une ligne cachée, un esprit malin qui leur aurait permis, page après page, de prendre les commandes de l'histoire. Les personnages étaient trop proches de nous sans doute, trop collés pour voler de leurs propres ailes. J'expliquai à mon amie le danger de poursuivre sur cette lancée. À la fameuse angoisse de la page blanche succéderait celle, moins connue du public, mais tout aussi oppressante, de la page noircie, la page encombrée, étouffée par des phrases sans âme, sans nécessité. Des phrases non pas bancales mais creuses, rongées de l'intérieur par quelque bactérie logée dans le papier. Nous devions de toute urgence établir de nouvelles fondations sous peine de voir s'écrouler notre édifice. Aline me faisait confiance. C'est toi, l'écrivain, disait-elle, puis, comme cette remarque ne semblait pas m'inspirer, elle me rappela l'existence de cet ami brocanteur qui lui avait parlé d'un réseau de prostitution masculine chez les pompiers. Ils n'étaient pas homosexuels, ou ne se déclaraient pas comme tels, tous avaient une femme, ou une petite copine dont ils ne manquaient pas de vanter les qualités, et c'est cela qui excitait les consommateurs, ce détournement de leur sexualité associé à l'attrait, toujours en vogue, de l'uniforme. Selon Aline, de telles filières existaient aussi dans la police, chez les motards en particulier. Ils retrouvaient leurs clients sur une péniche amarrée au cœur même de la capitale. Certains habitués venaient avec leur femme pour qu'elle se fasse sauter devant eux. Chacun son truc, conclut Aline en plissant les yeux à cause de la fumée, il faudrait creuser. Elle extirpa une ultime bouffée de son pétard qu'elle tenait coincé dans une pince à cheveux pour ne pas se brûler les doigts.

— Les motards, demanda-t-elle, ça te branche? On pourrait s'offrir un petit repérage...

Malgré le décor prometteur de ces croisières d'un genre particulier, j'écartai d'emblée cette piste. Gabriel était vigilant, il ne laisserait pas publier un texte qui mettrait en danger la réputation de tout un corps de métier et, de surcroît, d'un corps représentant la loi. Aline insista pour que nous allions au moins interroger le brocanteur, quitte à transposer son témoignage s'il s'avérait par trop compromettant. Nous remplacerions les motards par des joueurs de base-ball, ou des livreurs de pizzas.

— Oui, acquiesçai-je sans trop y croire, le livreur de pizzas, c'est un bon support.

J'avais envie de quitter la cuisine, et ces pages bâclées qui traînaient sur la table. Le magasin d'antiquités se situait non loin du Palais de la Femme, à dix minutes de chez nous. La pluie tombait toujours. On reconnaissait les habitués de la rue de Charonne à ce qu'ils s'éloignaient de la chaussée au passage du 76 pour ne pas être éclaboussés. Une jeune femme élégante qui n'était pas au courant des règles du quartier vit son pantalon se couvrir de taches brunâtres. Elle allait se plaindre, voilà ce qu'elle disait en agitant son parapluie, comme si le conducteur avait pu l'entendre, je vais me plaindre. Elle voulait qu'on lui rembourse le nettoyage et nota sur un coin de journal le numéro d'immatriculation de l'autobus. Elle nous demanda si nous accepterions de témoigner en sa faveur. Aline se défila : un bon coup de détachant, suggéra-t-elle. Je la suivis en faisant pschitt-pschitt de la main, l'index enfonçant une valve imaginaire. Une vulve, lus-je sur l'écran, et pourtant je n'avais rien fumé. Le coup du détachant ponctuel, ce n'était pas une bonne idée. Mieux valait tout effacer, en donnant l'ensemble chez le teinturier, et reprendre au début de l'histoire.

Le brocanteur trônait derrière un bureau recouvert de paperasses. Il semblait heureux de voir Aline, mais se montra méfiant, malgré toute l'amitié qu'il lui portait, lorsqu'elle l'interrogea sur le fameux réseau de prostitution. Qu'est-ce que deux jeunes femmes comme nous pourraient bien faire d'un pompier payant? Aline ne se démonta pas. Elle inventa dans la foulée une histoire de cadeau pour l'anniversaire d'un copain comédien. Le brocanteur nous révéla qu'il fallait passer par un intermédiaire, un certain Jean Puech, tout en nous suggérant d'offrir plutôt à notre ami, et pour le même prix qu'une passe ordinaire, un objet de collection.

— Un objet, ça reste, commenta-t-il en sortant d'un coffret ciselé un godemiché en bois d'ébène, tandis que le pompier, si taillé soit-il...

— Ça part en fumée, compléta Aline qui décidément était en pleine forme.

Le brocanteur comprit qu'il serait inutile d'insister. Il nous confia les coordonnées de l'intermédiaire en tripotant le gode. Lui-même avait déjà eu recours à ses services, c'était un homme sérieux, nous pouvions lui téléphoner de sa part. Il était difficile à joindre, il ne fallait pas hésiter à lui laisser un message sur son répondeur, lui demandant s'il pouvait nous rappeler au sujet d'une V.A.D. (Visite à Domicile, traduisit le brocanteur, car il existait également la possibilité de se rendre directement dans les casernes ou de rejoindre les brigades pendant leurs gardes nocturnes, dans les grands théâtres, par exemple, ou dans les musées.) Aline se mit à délirer, elle voulait que nous organisions un rendez-vous à la Bibliothèque de France, tu imagines, disait-elle, tous ces livres autour de nous, l'inspiration assurée, mais je la ramenai à la réalité : si nous voulions obtenir les confidences du pompier, il était préférable de le recevoir à la maison. Aline abandonna à regret son projet éroticoculturel. Dès notre retour, je composai le numéro de Jean Puech. Du répondeur nous n'entendîmes que la première phrase, trop banale pour ne pas être énigmatique, *vous êtes bien au numéro que vous avez composé*, disait une voix nasillarde, et, sans attendre le désormais fameux bip sonore, Jean Puech décrocha. Le nom du brocanteur en guise de sésame, je lui exposai la raison de mon appel. L'intermédiaire était d'accord pour m'envoyer un de ses gars, comme il les nommait, je vous envoie un de mes gars ce soir, vers vingt-deux heures trente, et je repensai aussitôt à cet assistant — son nom m'échappait — qui accompagnait le directeur de la société Jolicœur. Pour les compensations financières, je n'avais qu'à suivre les indications de l'intervenant. Comme j'insistai, il s'abaissa à me donner une fourchette. Il fallait compter entre cinq et sept cents francs. Si la séance se prolongeait au-delà de minuit, j'étais tenue de le raccompagner, ou de le mettre dans un taxi.

Je répondis oui, bien sûr, un taxi, c'est la moindre des choses. J'avais l'impression d'être en contact avec une agence de baby-sitting. Jean Puech me faisait confiance pour les détails pratiques, puisque le brocanteur se portait garant. Il me demanda avant de raccrocher si j'avais des préférences. Je répondis : non, pas de préférences.

Jean Puech nota l'adresse, le code, l'étage et me souhaita sans la moindre malice une agréable soirée.

Aline n'en revenait pas de la facilité avec laquelle l'affaire s'était conclue. Un peu plus tard, j'appelai Gabriel Tournon. Je suis en pleine écriture, expliquai-je à mon éditeur, mais j'aurais besoin de quelqu'un pour m'aider à établir une partie de la documentation. Une journée de travail à la bibliothèque, mentis-je, environ sept, huit cents francs (et, comme il ne disait rien, j'ajoutai, soudain effrayée par l'importance de la somme : en comptant les photocopies).

Gabriel ne discuta pas. Il lui semblait normal de me rembourser certains frais. Si j'achetais des livres, ou invitais quelqu'un à déjeuner dans le cadre de notre projet, je ne devais pas hésiter à lui présenter l'addition. Il apporterait la somme à notre prochain rendez-vous. Pendant que nous y étions, avais-je pensé à la possibilité de publier en l'an 2000 ? Il ne voulait pas me bousculer, mais il fallait le comprendre, son impatience était à la mesure de l'espoir qu'il mettait en moi. Il avait hâte de me lire et m'embrassait très fort, c'est bien cela qu'il dit, très fort, et je m'entendis répondre : « moi aussi ».

Aline, qui avait écouté la conversation, avait été surprise par la voix de l'éditeur.

— Il n'a pas un timbre de rouquin, répétait-elle, tu es sûre que c'est sa vraie couleur ? Il se teint peut-être, pour passer incognito...

Je lui parlai de ses petits poils roux sur les phalanges.

— Évidemment, dit-elle en haussant les épaules.

Je ne sais pas ce que cette évidence représentait pour Aline, peut-être pensait-elle que Gabriel poussait le vice jusqu'à se décolorer les poils des mains. Cette discussion commençait à m'agacer. Pourquoi se fixer sur un détail aussi futile ? J'avais l'impression que mon amie se méfiait de Gabriel et cette idée me dérangeait. Afin d'échapper à ses commentaires, je lui proposai de nous remettre au travail. Les éléments que nous avions déjà couchés sur le papier n'étaient pas tous à abandonner, loin de là, les développer ne pourrait que nous préparer à poser les bonnes questions à notre visiteur du soir. L'homme qu'Aline avait imaginé était pompier par vocation, comme d'autres sont prêtres ou médecins. J'avais suggéré qu'on l'appelât Tom, en souvenir d'un ami trop tôt disparu. Notre Tom, celui d'encre et de papier, était un garçon franc et honnête doté d'un engin hors du commun. Malgré une enfance difficile, il n'avait jamais songé à se plaindre tant il était porté par cette idée qu'il avait hérité d'un corps exceptionnel — corps qu'il mettrait plus tard au service de la communauté en pratiquant le métier de pompier. Son père qui l'élevait seul était très fier de lui, vous avez vu, coquetait-il sur la plage, mon garçon est monté comme un âne, quand je pense qu'il n'a que douze ans !

Le fils se tortillait devant l'assemblée des copains du père — même assemblée qui se retrouvait en fin de journée autour d'un verre de pastis, regardant avec un brin d'émotion le petit Tom se trémoussant sur la pelouse collective. Le père avait le sens de la fête, les barbecues se succédaient, et les soirées orientales, il loua même un soir les services d'un cracheur de feu rencontré sur le port : rien n'était assez beau pour séduire le fiston. Les flammes s'élevèrent dans la nuit, le cracheur se mit torse nu. Son pantalon trop grand lui tombait sur les hanches, et c'était troublant de voir son ventre se creuser au moment de l'expiration. À la fin du spectacle, en guise de clou, il sortit de son sac un paquet de Banania et demanda la participation de quelqu'un de l'assistance.

— Oui, mesdames et messieurs, vous avez bien entendu, je cherche un volontaire qui aimerait apprendre à cracher...

Il agita la boîte dans les airs.

— À cracher du chocolat !

Comme personne ne répondait à l'invitation, Tom fut désigné d'office. Il fallait souffler fort et droit et, simultanément, allumer le nuage de poudre. Le feu crépita, éclairant un instant le visage ébloui du garçon. Tout le monde applaudit, ça marchait presque aussi bien qu'avec du pétrole. Sur une double flamme, le spectacle se referma. Il y eut de la musique et des anecdotes, des éclats de rire, des éclats de voix. On but à la santé de Tom, à la santé du cracheur de feu. On but sans porter de toast, très vite, on engloutit et tout le monde partit quand il n'y eut plus rien à boire. Le père refusait d'aller se coucher seul après une si belle soirée. Il voulait une pute, je veux une pute, criait-il, et Tom dut l'accompagner jusqu'à sa chambre en lui promettant de s'en occuper. Le père s'écroula sur le lit, entraînant son fils dans sa chute. Il saisit sa main et l'obligea à malaxer son short. Il gonfla d'abord, puis, sans que rien ne trahisse le passage de l'un à l'autre état, ronfla. Tom passa une bonne nuit. Le lendemain, le regard de son père était empreint d'une tristesse insupportable, et c'est cette tristesse que Tom s'appliquerait à fuir, plus que le souvenir du short malaxé. Il profita de l'arrivée providentielle d'une belle-mère aux jambes musclées pour se faire inscrire en pension. Là-bas, l'initiation se poursuivit, mais entre mineurs, et Tom présentant quelques longueurs d'avance sur ses congénères n'eut pas à subir les brimades des grands. D'un naturel serviable, il trouvait toujours un ami pour l'inviter pendant les vacances scolaires, et son père, inconsolable d'avoir perdu sa chose, son joujou doré, traînait les pieds derrière sa nouvelle épouse au Club Méditerranée. Il aimait bien la compagnie des femmes, mais, d'après Tom, cela ne lui suffisait pas. Il avait besoin d'échappées masculines, besoin de ses virées, comme il les appellerait jusqu'à la fin de sa vie.

Nous étions assis par terre autour du lit. Aline, qui avait un petit faible pour la description des hommes entre eux, demandait au pompier s'il avait eu des aventures avec les amis de son père. Il nous racontait sa rencontre avec un certain Pierre Santin qui louait une villa luxueuse dans l'arrière-pays. Alors que tous les invités regardaient la télé, cet homme qu'il connaissait de loin, mais depuis assez longtemps, lui proposa d'aller prendre un bain de minuit dans la piscine. Nu, évidemment, tradition oblige, et les deux corps plongèrent en se tenant la main. Tom gardait un souvenir émerveillé de ce plongeon simultané. Ils avaient joué au remorqueur, ils avaient battu des jambes, ils s'étaient enlacés pour couler en couronnant leurs têtes de bulles. Dans le petit bassin, Pierre Santin avait proposé à l'adolescent de faire la planche. Le jeu consistait à fermer les yeux en se concentrant sur la chose que l'on aimait le plus au monde. Tom n'hésita pas : il pensa à son père. Pierre écarta les pieds du garçon et, venant s'encastrer dans la fourche de ses cuisses, commença par lui masser les reins. Tom se laissait envahir par des sensations inédites. Le sexe de son nouvel ami se pressait contre lui. C'était gros et doux, glissant dans une gaine souple qui donnait envie de téter. Pierre surveillait la porte de la villa. Tom n'avait rien à faire, rien à dire, rien qui l'obligeait. Une main le caressait maintenant, du gland aux poils puis des poils au gland, et il se sentit partir. Les deux corps déséquilibrés s'enfoncèrent sous l'eau. Pierre enfouit son visage dans le cou de l'adolescent : Tom ne comprit pas tout de suite qu'il avait joui. Ils restèrent ainsi longtemps, blottis l'un contre l'autre, s'embrassant encore, se cajolant, ils avaient froid, mais ils n'arrivaient pas à se séparer. Quelque chose bougea derrière la haie. Pierre d'un bond se retrouva sur le rebord de la piscine. Il attrapa une serviette, l'enroula autour de ses hanches et disparut dans le cabanon où étaient rangées les affaires de plage. Tom se mit à nager. Il étirait son corps en longues brasses coulées, et son père qui était sorti de la maison admirait les performances de son fils. Le film était terminé, ou la retransmission du match, il fallait rentrer à la maison. Tom se demandait si le sperme allait flotter, comme une méduse. Il scruta la surface lisse et ne vit aucune trace suspecte. Quand il était petit, son père lui avait raconté qu'il ne fallait jamais faire pipi dans les piscines car l'urine changeait de couleur au contact des produits chimiques. Tom avait passé ses cours de natation terrorisé à cette idée. Il serrait les muscles aussi fermement qu'il le pouvait, verrouillant toute la région, et de cette contraction liée aux mouvements intensifs de ses jambes naissait une douleur qui ne ressemblait à rien.

J'avalai un grand verre de jus d'orange. Je serais bien allée nager pour me détendre un peu avant d'entreprendre les travaux pratiques. Aline sortit du freezer une bouteille de vodka. Une bonne heure s'était écoulée depuis l'arrivée de celui que nous appellerions également Tom, pour qu'il ne se sente pas gêné à la lecture de ces lignes — Tom, notre V.A.D. Nous lui avions expliqué que l'anniversaire du copain à qui nous voulions faire une surprise avait été annulé. Sa mère avait été transportée d'urgence à l'hôpital, nos plans tombaient à l'eau, mais nous aurions plaisir à passer la soirée tous les trois, si cela lui convenait. Tom avait accepté avec joie ce changement de programme. Il aimait bien parler avec nous. Il nous trouvait très différentes des autres filles. Pourtant, il ne tenta aucun geste d'approche, comme s'il avait peur d'être éconduit, ce qui me paraissait étonnant pour quelqu'un ayant l'habitude de s'échanger contre de l'argent. Je me demandai soudain s'il avait déjà fait l'amour avec une femme. La clientèle proposée par Jean Puech n'était-elle pas exclusivement masculine? Cela aurait expliqué la timidité de notre pompier. Aline devança ma question. Tom hésitait à répondre. Il avait une petite amie, la même depuis deux ans, mais ce n'était pas facile avec elle. Avec les autres non plus, en vérité.

— Les femmes en général, conclut-il en souriant tristement, ce n'est pas facile facile.

Elles le rendaient nerveux. Il se demandait à quoi elles pensaient pendant qu'il rentrait son machin, étaient-elles avec lui ou s'imaginaient-elles dans les bras du voisin? Il se demandait également si elles avaient du plaisir ou si elles faisaient semblant. 28,5 pour cent d'orgasmes simulés, selon une enquête qu'il venait de lire, plus d'un quart, ce n'est pas rien, on est en droit de douter. Alors, son sexe se vidait trop vite, comme pour se débarrasser de toutes les questions qui l'encombraient. Ces décharges prématurées s'accompagnaient d'une jouissance médiocre, bien en deçà de ce qu'il ressentait en se masturbant. Avec sa petite amie qu'il aimait tendrement, il était incapable, expliquait-il, de surmonter le facteur émotionnel pour se concentrer sur l'acte, comme il avait appris à le faire en exerçant son métier de pompier — et, accessoirement, comme il l'appliquait sans aucun mal avec ses partenaires payants. Il était désolé, soupirait-il, désolé, car il nous trouvait vraiment craquantes toutes les deux, mais si nous passions à l'acte, il ne fallait pas s'attendre à des performances.

Aline haussa les épaules comme si ces choses-là ne l'intéressaient que de façon modérée. Elle coinça ses cheveux derrière ses oreilles et demanda à Tom s'il voulait bien se lever pour que nous tentions ensemble une expérience.

— Nous allons faire une prière, dit-elle en s'agenouillant devant lui, approche-toi, Marie, nous allons prier pour ce garçon.

Quelle mouche la piquait ? Aline ne riait pas. Elle dégrafa la ceinture du pompier et, écartant son pantalon de part et d'autre de la braguette, découvrit un slip kangourou d'un blanc éclatant. La poche du milieu était lourde de chair. Aline joignit ses mains autour du renflement.

— Avec nous, ajouta-t-elle, tu n'es pas obligé de venir. Je vais même te dire mieux : tu ne dois pas venir, voilà pourquoi nous t'avons acheté ce soir, pour que tu ne viennes pas, c'est une des clauses du contrat.

Tom prit son air de chien battu. Il voulait bien essayer, il ferait son possible pour contrôler ses muscles. C'était son côté bonne fille, service-service, à la disposition du contribuable. Aline lentement ouvrit ses mains. La bite s'épanouit, magistrale quoiqu'un peu de travers, je donnai un petit coup de pouce pour la recentrer. Le ventre de Tom s'avança. Aline se lécha les lèvres et déposa un baiser humide sur son nombril. Elle enfonça sa langue puis se releva en frôlant le slip avec ses seins. Quand elle fut debout, elle s'éloigna du pompier, le regarda en se dandinant, comme si elle se retenait pour ne pas lui sauter dessus, puis, me saisissant par la taille, m'entraîna derrière le baldaquin.

— Je vais te mettre, annonça-t-elle, ça nous changera des queues.

Tom avait enlevé son pantalon qui le gênait pour nous suivre. Je me demandai pourquoi il n'était pas venu en uniforme. Peut-être était-ce trop risqué. L'idée de le rejoindre une nuit dans sa caserne effleura mon esprit. Aline plongea sa main entre mes cuisses, par-derrière, et, avec l'habileté d'un prestidigitateur, y fit disparaître ses doigts. Son index me caressait, le gras de son index qui jouait avec mon clitoris. Le pompier se tenait près du rideau, il se retenait pour ne pas grimper, faudrait-il dire, il attendait que nous l'appelions. Je soupirai. La peau d'Aline était douce et chaude, j'aimais son odeur moelleuse, sa précision. Le pompier toussota pour se rappeler à notre bon souvenir. Aline se leva sur son coude. Elle portait une jupette orange et un pull avec une fermeture éclair.

— Tu t'ennuies? demanda-t-elle.

Et, sans lui donner le temps de répondre :

— Rends-toi utile, déshabille-nous.

Le pompier s'approcha du lit. Il ne savait par quel bout nous prendre, il semblait complètement perdu, nos bouches s'emmêlaient, nos corps s'épousaient, pardon, disait-il, et ses mains s'insinuaient sous les tissus, cherchant les boutons, glissant dans les plis, j'avais envie de l'embrasser à mon tour, mais Aline se serrait contre moi, à travers les mailles de son pull-over je sentais la pointe de ses seins, sa belle poitrine qu'elle frottait chaque jour pour la faire grossir, elle avait lu ça dans un journal américain : Rub your breasts twice a day and watch them grow ! Le pompier n'y tenant plus commença à se palucher, je devais prévenir mon amie, mon amie qui, les yeux fermés, se concentrait sur son propre plaisir, il va partir, murmurai-je, et Aline reprenant le contrôle des opérations saisit la main de Tom.

— Tu mériterais que je te bouffe, dit-elle.

Et c'est bien ce qu'elle fit, je crois qu'elle se surprit elle-même à le mordre si fort que le pompier cria, il ne retira pas sa main de la bouche d'Aline, non, il écarta simplement les lèvres et laissa vibrer ses cordes vocales, alors que grâce à un habile tricotage des hanches et des pieds son boxer cent pour cent coton coulissait jusqu'en bas, il s'approchait de moi, embrassait ma nuque, embrassait mes bras, tu es belle, disait-il, j'aimerais bien faire l'amour avec toi si ta copine n'y voit pas d'inconvénient, tu me plais énormément, et contre toute attente Aline n'y voyait pas d'inconvénient, elle tira de sous son oreiller un préservatif, le pompier se protégea d'un geste professionnel, nous protégea, se jeta sur moi et partit à la recherche d'un endroit où entrer. Son corps était dense, un peu maladroit, ses épaules trop musclées donnaient envie de les boxer. Je retardai le moment de la pénétration, je ne voulais pas que ça finisse, qu'il jouisse et basta, alors je laissais son gland buter, son gland très bombé, très élastique, je soulevais mon bassin, je ramenais mes lèvres, son sexe qui essayait de forcer le passage, bordel, disait Tom excédé, mais qu'est-ce que tu fabriques, elle est où ta minette ?

— Elle aimerait que tu la lèches, commenta

Aline, que tu lui pompes le clitounet avant de passer à l'action...

Aline prononça ces mots le plus sérieusement du monde et je ne pus m'empêcher de rire, quelle salope, j'étais pliée en deux, le clitounet, répéta-t-elle, c'est mignon comme mot, non, c'est tendre, tu ne trouves pas? Tu préfères la foufoune, peut-être, ou le clicli, pour rester dans le ton, le pompier en me voyant rire débanda aussi sec, je n'en revenais pas, tout flapi ça pendait, jacinthe piquant du nez, Aline avait réussi son coup. Sans importance, assura-t-elle, fiasco contrôlé, reculer pour mieux sauter, et il y eut encore des baisers, encore des peaux ridées par des caresses rugueuses, et maintenant Tom se laissait faire, Aline attachait ses poignets aux montants du lit, un grand classique commentait-elle, mais tu verras, on va l'exploiter à fond, Aline très en forme, à dada sur le pompier, repoussant à son tour le moment de se laisser pénétrer, repoussant le moment de le laisser jouir, il devrait gueuler, supplier, mieux que ça, plus fort, répondant à l'humble tourment des filles, des bonnes filles aux papouilles légères, un petit coup de langue par-ci, une oreille emboutie par-là, des fesses empaumées, écrasées contre le drap; puis vint le moment de jouer à la maman, n'était-ce pas cette chose qu'il appelait de ses plaintes, un sein contre son nez, un sein pressant ses lèvres, téter, téter, engloutir jusqu'à sentir le goût du lait, le goût du festin maternel, ainsi le bébé découvre le monde, par la bouche qui renifle, par la gorge qui gémit, et Aline voyant les pupilles de Tom se dilater prévint juste à temps l'éjaculation : elle bagua la peau au-dessus des bourses et tira doucement vers le cul, détendant d'un trait la machine.

Tom se regarda entre les jambes, désemparé, on ne lui avait jamais fait ce coup-là, les couilles en guise de rênes, une grande première en vérité. Il avait ressenti du plaisir, quelque chose de très fugitif, comme un orgasme ravalé, une éjaculation à l'intérieur, sans conséquence sur son érection. Un monde s'ouvrait à lui. Il n'en revenait pas de durer si longtemps, il faudra que vous me montriez, souffla-t-il, il faudra m'apprendre. Ses poils dessinaient sur son ventre un triangle asymétrique.

— Tu vois, le rideau est ouvert, répondit Aline en guise d'explication. Aux premières lueurs du jour, nous te laisserons partir. En attendant, tu continues à respecter la règle du jeu.

Le pompier haussa les épaules, cela ne dépend pas de moi, dit-il, vous le savez bien. Je lui promis de l'aider. Aline me suggéra de prendre la direction des opérations. Je crois qu'elle aurait bien poursuivi la petite maltraitance, les pieds liés et tout le tralala, mais je dois avouer que ce beau garçon attaché aux quatre coins du lit ne m'excitait que de façon modérée. Il ressemblait trop à un jouet pour éveiller en moi la part sombre du désir. J'avais l'impression que c'était lui qui nous payait, lui qui nous mettait en scène autour de ses muscles bandés. Tom prétendit qu'il avait envie de pisser. Gardiennes dévouées de son apprentissage, nous l'escortâmes jusqu'aux toilettes pour nous assurer qu'il n'allait pas en douce se (...). Mais non, il ne tenta rien en ce sens, attendant simplement que son corps veuille bien déverrouiller la porte du canal urinaire. C'était un peu long, le pompier dansait d'un pied sur l'autre, Aline regardait par la fenêtre du couloir. Vous êtes incroyables toutes les deux, répétait-il pour meubler, vous faites ça souvent ? L'urine jaillit, arrosant le carrelage autour de la cuvette. Ça sentait le chaud, pas encore mauvais, presque agréable en vérité. Le pompier gloussa, je vais essuyer, dit-il, je ne sais pas ce qui le faisait rire, sa gêne probablement. Il s'accroupit. La peau de ses talons paraissait très vieille comparée à celle de ses fesses. Quand il tendait le bras pour essuyer derrière, je voyais son oignon. Je repensai au gode en bois d'ébène de l'antiquaire. Peut-être l'avait-il déjà sorti de son écrin pour l'enfoncer ici même, dans ce trou-là, en écartant les fronces. Je repensai à la façon dont le corps transparent du stylo bille était entré dans la croupe du Japonais. Très lentement d'abord puis vite, de plus en plus vite, comme si quelque chose à l'intérieur essayait d'aspirer son encre. Tom se releva. Aline le précéda dans la salle de bains et entreprit de lui laver les mains. L'eau était un peu trop chaude, je vis leurs doigts rougir avant de s'enlacer. Ils se savonnaient les uns les autres, comme de petits êtres indépendants. Tom, ému par ce contact tendre, se remit à bander. Le temps d'aller chercher une serviette propre dans le placard de la chambre et il essayait de tringler Aline — Aline qui avait posé un pied sur le tabouret, dégageant largement sa fente. Je me plaçai derrière le pompier, enfilant mes bras sous ses aisselles. Je suivais le mouvement de son corps, ma joue collée contre son dos. J'étais sa peau d'âne, son manteau vivant. Je pensai à cette urine claire qui était sortie de son pénis, quelques minutes plus tôt. Je me revoyais dans la salle de bains de celle que je croyais être ma grand-mère, à Saint-Quay-Portrieux. Le soleil entrait jusqu'au milieu de la pièce en fin de journée. J'étais assise sur le siège des toilettes en train de lire une bande dessinée quand quelque chose bougea près de moi. Bouleversée par cette intrusion, je rabattis ma jupe sur mes cuisses. La forme me suivit : je compris qu'il s'agissait de mon ombre. Cette découverte m'emplit d'une joie sauvage, je me mis à respirer très fort, soulagée sans doute, mais aussi excitée par cette présence de moi-même, malgré moi-même, cette existence projetée. Je me souviens de ma respiration, la même qui m'envahit en accompagnant les gestes de Tom, ce trouble du double qui vous surprend, du double qui vous pénètre sans demander l'autorisation. J'étais lui sans l'être, attachée à son corps par ces liens immatériels qui faisaient battre mon cœur, les liens de l'histoire, de mon histoire, et ainsi la nuit s'écoula, dans cette tendresse vigilante, cette course interrompue vers un plaisir sans cesse retardé, Aline baguant la verge pour bloquer l'ascension du sperme, Marie passant sous la douche et le pompier rentrant au petit bonheur la chance, un coup dans le bonheur, un coup dans la chance, ça ripait tellement j'étais excitée. Tom se plaignait maintenant, il avait mal à force d'arrêter, les testicules gorgés de sang, les artères congestionnées, ça lui donnait comme des crampes et pourtant il continua à subir sans protester, nous offrant son corps, nous offrant ses mots, l'esprit tendu vers cet espoir que sans préméditation nous avions instillé en lui — l'espoir de casser une fois pour toutes la peur de décevoir.

Vers cinq heures du matin, Aline mit de la musique planante, une cassette qu'elle avait achetée à Santa Fe du temps de ses expériences spirituelles. Nous nous assoupîmes dans le pli des notes. Tom se réveilla juste avant l'aube, il avait déjà enfilé sa chemise et Aline qui ne dormait que d'un œil sauta sur sa queue, elle enduisit le capuchon de salive, elle le caressait en tournant comme s'il s'agissait d'un énorme clitoris, puis mes lèvres joignant ses lèvres nous nous penchâmes toutes deux, la tête de côté pour boire à la pompe qui éclabousse, nos langues jouant à cache-cache autour du gland ; la pompe cerclée de fer où il faut écarter les pieds, quoi qu'on fasse les sandalettes se mouillent, et la mère gronde, ou la nourrice agréée, tu aurais pu faire attention. Mais nous n'étions que cela, de l'attention pure, comment pouvaient-elles l'ignorer, ces dames qui savaient tout ? De l'application, tendues l'une vers l'autre dans l'attente de l'élément liquide, sous le pont de nos lèvres, de l'élément gluant.

Tom ne riait plus, il était calme, parfaitement offert à notre double baiser. Pensait-il à sa petite amie ? Pensait-il à ces pénis qu'il avait sucés contre de l'argent, ou pour de l'argent — je ne sais comment il faut dire tant cette idée soudain me dérange —, sucés dans les loges de l'Opéra, sur la péniche, dans la caserne des pompiers ? Peut-être même avait-il sucé un flic, peu importe en vérité, il était ailleurs et nous étions avec lui, intimement avec lui qui prenait sa revanche sur toutes ses éjaculations précoces passées et à venir, tous les regards déçus de sa petite amie, ces regards désemparés, ces regards énigmatiques, ces regards qui partent en vrille, ces regards qui depuis le temps prenaient la tangente. La pendule du faubourg marqua six coups, je l'entendis à peine mais Tom tressaillit, Tom se plia en deux, les mains ramassant nos têtes, puis, se tournant vers moi, ses bras serrant mes cuisses, enlaçant mes fesses, il me renversa et me pénétra dans ce même geste qui le conduirait au plaisir — ça se voit aux paupières, un homme qui va jouir, une certaine fixité, même les yeux à l'espagnolette ça se devine, comme si la distance entre les cils et les sourcils avait changé, et ces cris qui n'appellent rien, cette respiration qui chavire, ce désarroi partagé alors que sur Paris se levaient les premières lueurs du jour.

La voix de Gabriel Tournon résonnait dans la salle vide. Sa cigarette se consumait toute seule sur le rebord du cendrier. Une pièce de linge trop ferme que l'on désire ramollir, lisait-il, se tend dans le sens du biais. Le velours, quant à lui, se travaille à l'envers. Ses poils se redressent lorsqu'ils sont exposés à la vapeur. L'apprêt à l'amidon, qui augmente la durée du linge et son agrément, a aussi ses inconvénients : les torchons se coupent vite aux plis, ils sont raides et essuient mal.

Nous avions pris l'habitude de nous retrouver dans ce café de la rue de la Gaîté malgré les regards appuyés du serveur qui décidément n'appréciait guère notre façon de nous sentir chez nous dans ce premier étage déserté par la clientèle. Gabriel était assis sur la banquette, le Larousse Ménager Illustré posé sur la table devant lui. Il l'avait acheté le matin même chez un bouquiniste, pensant y dénicher des éléments susceptibles de nourrir notre projet, poursuivant cette idée lancée dès le début d'associer univers domestique et pornographie. Le dictionnaire, guide précieux de la famille et du foyer (*ce centre aimé d'où rayonne le bonheur*), s'ouvrait sur une citation de Montaigne qui donnait le ton : « La plus utile et la plus honorable science à une femme, écrivait-il, c'est la science du ménage. » Suivait une remarque sur la rareté du personnel domestique qui avait forcé beaucoup de maîtresses de maison à ne compter que sur elles-mêmes. Gabriel s'était tout naturellement penché sur l'article concernant le repassage. Il pensait que nous pourrions situer l'action du premier récit à une autre époque, entre les deux guerres par exemple, dans un pensionnat réservé à l'éducation des jeunes filles. Exit la société Jolicœur et les fantaisies commerciales de son prospectus en quadrichromie, exit les mugs et autres godes branchés directement sur la planche révolutionnaire. Gabriel imaginait un univers sépia, les jupons séchant sur les cordes à linge, derrière le réfectoire, les cheveux en chignon, la chapelle, le placard où étaient mis sous clef fers et planches à glacer. Il me faisait la lecture à mi-voix, et quelqu'un qui nous aurait observés de loin aurait pu se tromper sur la nature de l'ouvrage qui semblait tant nous intéresser. Parfois Gabriel s'arrêtait pour me montrer les illustrations. Ici, une jeannette à cordon, là un schéma décomposant l'action de plier une capuche. Que de choses à apprendre quant aux soins des objets, disait-il, que de choses oubliées. Regrettait-il le temps des faux cols empesés ? Gabriel cultivait la nostalgie comme d'autres plantent des tomates à leurs fenêtres, pour le plaisir de déjouer les règles du paysage.

J'aimais l'odeur de sa bouche, sa façon de caresser les pages après les avoir tournées, comme s'il pouvait du bout des doigts en pénétrer le sens caché.

— Les tissus laine et soie tels que la bengaline, poursuivait-il, l'éolienne ou l'ottoman se repassent à plat, avant la confection, car ils rétrécissent au contact des premières chaleurs.

Gabriel sourit. L'éolienne, répéta-t-il, un manteau d'éolienne, ou de bengaline, quelle merveille, il faudra que vous me trouviez le moyen d'introduire ça quelque part, et il parcourait maintenant les conseils d'entretien du linge de maison. Il y en avait deux pages, et une page encore pour la composition du trousseau. Ainsi de lettre en lettre nous naviguions sans savoir très bien ce que nous cherchions, mais avec la certitude de nous constituer, chemin faisant, un vocabulaire. Ces mots nous serviraient un jour, bien au-delà des textes, des prétextes que nous nous imposions pour nous retrouver ainsi, dans le visage l'un de l'autre, la chaleur partagée de ces fins de journée. Gabriel alluma une seconde cigarette, sans éteindre la précédente. Je regardai ma montre. J'avais promis à Aline d'aller la chercher à la sortie de son nouveau travail, dans le dixième arrondissement. Je proposai à Gabriel de m'y accompagner. Il n'avait pas l'air enthousiaste. Je ne sais pas pourquoi il se faisait une piètre idée de cette fille avec qui je partageais mon appartement, comme il l'appelait pour ne pas avoir à prononcer son prénom. Je parlais peu de mon amie, mais, pour lui, j'en parlais toujours trop. Il m'interrompait, détournait la conversation. Il n'avait jamais accepté l'idée que quelqu'un puisse m'aider à écrire. Peut-être était-il jaloux, au fond, comment lui en vouloir? Aline avait trouvé une place chez un couple sans enfants, une vingtaine d'heures non déclarées par semaine, avec des extra en soirée quand il y avait des invités. Elle devait assurer le ménage et les courses de base, parfois la cuisine. Elle n'arrivait pas à croire que nous allions gagner notre vie avec cette histoire de pornographie, si nouvelle fût-elle. Aline continuait à participer activement au projet, m'apportant chaque jour son lot d'anecdotes, mais préférait ne pas y compter pour payer le loyer. Et puis ce n'était pas son genre de rester assise toute la journée. Après le texte du pompier, nous avions rédigé deux autres nouvelles qui avaient beaucoup plu à Gabriel. L'une se situait dans les coulisses d'un hippodrome. Deux jockeys aux cuisses menues s'aimaient sous le regard complice de leurs montures. Il y avait du foin frais et des paris truqués. L'autre récit conduisait le lecteur dans un univers moins désinvolte. Je m'étais inspirée d'un long séjour à Berlin pendant lequel j'avais gagné ma vie en faisant la plonge dans un restaurant français malgré mon statut de touriste et l'interdiction formelle de travailler sur le sol allemand. Les frontières étaient en passe de s'ouvrir, mais, en attendant, la loi devait être respectée. Le gérant avait largement profité de la situation. J'avais prolongé ces péripéties toutes personnelles en m'imaginant séquestrée par mon patron, un homme d'une cinquantaine d'années qui m'imposait ses règles, jouant sur les conséquences dramatiques d'une potentielle dénonciation. Désemparée, je commençais par lui obéir, accomplissant sans broncher ses quatre volontés, pour, peu à peu, page après page, renverser la situation. À la fin de l'histoire, on retrouvait le gérant menotté dans un bunker. Au léger sourire qui se dessinait sur ses lèvres à mon apparition, on devinait que l'homme n'était pas mécontent de ce changement de perspective. Le lecteur pouvait se demander s'il n'avait pas tout calculé, tout manigancé, au point de me faire croire que je m'étais libérée de mon plein gré.

L'éditeur avait beaucoup aimé cette ultime marque de mon ambiguïté. Vous êtes diabolique, avait-il dit avec un large sourire, vous ne laissez jamais les choses exactement où elles sont, il faut toujours que vous affûtiez un détail qui déplace les certitudes.

J'avais beau lui répéter que l'idée du dernier sourire ne venait pas de moi, Aline seule en était responsable, il ne voulait pas en démordre : mon sens de la perversité était réjouissant (il ne disait pas « votre... », mais « votre sens de la... », pour ne pas me blesser sans doute). Nous eûmes à ce sujet de longues conversations. Furent posées quelques questions essentiellement liées à la nature de notre relation, bien que nous pensions ne parler que du travail en cours, questions qui pourraient se résumer en ces termes : comment définir, ou comment repérer en nous-mêmes, puisque nous en étions encore à poser des jalons, ce léger glissement de la perception qui fait de la coutume une manie, du costume un déguisement ou de l'érotisme sous son jour le plus cru, de la pornographie? Ce que nous écrivions, ou ce que j'écrivais puisqu'il faut bien reconnaître que j'étais seule à tenir la plume, pouvait, d'après Gabriel, être perçu comme un objet naviguant à la frontière des deux mondes, en équilibre instable, à la fois répugnant et désirable, pour un même lecteur, et au même instant. Ce dérapage constant d'un territoire à un autre territoire ne constituait-il pas l'intérêt de toute tentative de création, la perversion dont parlait Gabriel n'étant que le moyen le plus sincère pour l'écrivain d'en découdre avec les fantômes de son temps? De les combattre, de les apprivoiser et, comble de la réussite, d'en tirer du plaisir et de le partager avec ses lecteurs? Pour en revenir à ce qui préoccupait l'éditeur, il me semblait que le livre pornographique clairement défini comme objet commercial ayant pour but d'exciter le consommateur ne présentait aucun risque pour l'ordre moral, puisqu'il s'agissait d'un produit parfois nauséabond, certes, mais vendu sous couverture étanche, plastifiée, dans des lieux spécialisés. Il se situait toujours du même côté de la frontière, le cul bien assis au milieu de sa chaise, et la chaise posée sur ses quatre pieds, ce qui réduisait la menace à néant. Aucune déviation, disait Gabriel, ne résiste à la moulinette pornographique. La personne qui consomme ce genre de littérature préfère rester dans l'ignorance de ce qui lui arrive — ainsi échappe-t-elle au sentiment de culpabilité qui pourrait la submerger en se délectant de situations contraires à ses sentiments profonds. Elle jouit, elle oublie. Elle n'oublie pas seulement en jouissant, ce qui est la moindre des choses, mais en se relevant de sa jouissance. L'industrie pornographique s'arrange fort bien de cette impasse. Elle comble un vide, au présent, et à long terme cultive le manque. Voilà ce que Gabriel Tournon voulait éviter en engageant des romanciers, c'est-à-dire avant tout des êtres de mémoire. Il voulait lutter contre cette façon de banaliser les excès, de les presser pour en extraire le jus dans une consommation effrénée du plaisir. Un jus sans joie, sans lendemain. Transformer les peurs infantiles en sperme frais, l'angoisse et les humiliations en volupté partagée, se rattraper, oui, disait-il encore en attendant l'autobus, la pornographie, telle que j'aimerais que nous la concevions ensemble, est le terrain de jeu idéal pour que l'enfant prenne sa revanche, l'enfant coupable qui nous habite, l'enfant blessé que nous habitons. Gabriel avait finalement accepté de venir chercher Aline avec moi dans le dixième arrondissement, pourvu que je ne l'oblige pas à y aller en métro, il avait horreur du métro tout en se défendant d'être claustrophobe, et je me demandais ce que cachait cette impossibilité à descendre sous terre avec d'autres gens. Sur les flancs de l'autobus s'étalait une publicité pour un film en exclusivité. *Quelque part,* lut Gabriel, *l'amour vous attend.* Cette phrase me fit monter les larmes aux yeux, c'est idiot, je suis particulièrement sensible aux messages d'espoir ou de solidarité, même s'ils ne me concernent pas directement. Il suffit qu'à la télévision j'entende l'annonce d'une grève pour que ma gorge se serre. Je pleure au passage des manifestations, n'importe quelle manifestation, les profs, les agriculteurs, les retraités, les lycéens. Oui, surtout les lycéens me font pleurer. Je me cache, bien sûr, je fais semblant d'être enrhumée. Je me concentre sur les slogans, les trous découpés dans les calicots afin de laisser l'air circuler. Les vides dans la boucle du R de Révolution, et dans ses deux O, pour parler d'un terme qu'on ne lit plus guère entre la Nation et la République — ainsi vont les mots en ces temps flexibles, ils tombent de banderoles en affiches publicitaires pour s'affaisser comme de grosses loches dans les dépliants vantant les mérites des appareils électroménagers. Un aspirateur à manche *solidaire.* Une friteuse en toute *liberté* après la table à repasser *révolutionnaire.* Gabriel s'effaça pour me laisser valider mon ticket. Je sentis son regard glisser le long de mon dos. Quelque chose d'important allait se jouer, quelque chose se jouait déjà, je le savais, mon corps me le disait, et tous les passagers qui comme moi avaient lu le message colporté par les flancs de l'autobus semblaient participer à cette révélation. Gabriel s'assit près de la fenêtre. En plaçant ses jambes en biais il effleura les miennes. J'avais l'impression qu'il me regardait pour la première fois — mais je crois, en y repensant aujourd'hui, que je ne me faisais pas cette réflexion pour la première fois. C'était une de ses particularités, un de ses charmes faudrait-il dire, cette faculté de découvrir ce qui se présentait devant les yeux, comme s'il y avait un décalage heureux entre le moment où il percevait les images et celui où il en prenait connaissance. La vue ne lui était pas due. Rien ne lui était dû, d'ailleurs, en cela nous nous ressemblions. Malgré ses années de pratiques éditoriales, il semblait toujours aussi ému lorsqu'il recevait un texte, et il avait une façon très douce de partager cette émotion. Il avait également une façon très particulière de cligner des paupières, un peu plus longuement que les autres hommes, mais moins souvent. Il tenait le Larousse Ménager sur ses genoux, la tranche du livre serrée contre son ventre. Je pensai à cette histoire entendue par Aline à la radio, une femme qui s'était fait coudre les lèvres en public. C'était encombrant, toutes ces anecdotes rapportées chaque jour par Aline. Elle les notait sur des bouts de papier dans une orthographe approximative et les aimantait sur la porte du frigo. Depuis que je travaillais avec elle, ces images venaient continuellement parasiter le cours de mes pensées. Il y avait cet individu condamné à trois mois de prison pour avoir sorti de sa poche une verge en caoutchouc rose. Il faisait semblant de se l'arracher et la tendait aux jeunes filles avec un sourire candide, comme on offre un bouquet de fleurs. Parfois c'était un mot seulement, ou une expression qui s'imposait à moi. Je n'arrivais à m'en débarrasser que lorsqu'ils se retrouvaient coincés sur une page, tapés à la machine et dans un contexte assez fort pour les retenir au blanc du papier. Gabriel m'avoua qu'il souffrait parfois d'obsessions similaires. À force de lire les textes érotiques qu'on lui envoyait, il avait du mal à ne pas voir en toute chose son versant licencieux. Il appelait cela son sixième sens, et je trouvais que c'était une façon bien élégante de nommer cet engorgement de la perception. En apparence, rien n'avait changé entre Gabriel et moi. Il me vouvoyait toujours. Lorsque nous marchions ensemble, il choisissait les grandes artères où nous pouvions plus facilement nous perdre dans la foule. Il évitait soigneusement le quartier des éditeurs, et jamais n'aurait franchi le seuil d'une librairie en ma compagnie. Dans l'intimité, cependant, si l'on pouvait parler d'intimité à propos de nos rencontres rue de la Gaîté, il n'hésitait pas à me confier certains détails de sa vie personnelle. Par exemple, il me raconta qu'il prenait un bain tous les soirs. J'avais souri, en quoi cela me concernait-il, pourquoi me disait-il cela si ce n'est pour que je l'imagine dans sa baignoire? Il aimait certains mots que je n'employais jamais. Inouï, par exemple. Il répétait souvent : « C'est inouï, vous ne trouvez pas? » Ou des expressions un peu désuètes qui m'échappent au moment où j'écris ces lignes, comme dire de quelqu'un qu'il a quelqu'un, oui, Jean-Marc, en ce moment, on ne le voit pas beaucoup, il doit avoir quelqu'un. Autre signe fort rare pour les gens de sa génération, Gabriel n'était pas avare en compliments. Il en faisait presque trop, trouvant à mes textes des qualités qu'il était le seul à reconnaître. J'avais bien conscience que cette histoire de pornographie n'était qu'un épisode très marginal dans l'ensemble de mon travail, et pourtant Gabriel insistait, il avait l'air tellement sûr de lui, et tellement sûr de moi que parfois je me demandais si j'existais en dehors de notre projet. Le livre serait publié en l'an 2000, comme il l'avait prévu. Jusque-là j'aurais de quoi vivre, Gabriel s'y était engagé personnellement. J'avais signé un contrat avec sa maison d'édition et reçu un second versement supérieur au premier. J'avais récupéré ma carte bleue et remboursé la plupart de mes dettes. Je me laissais employer, c'était si bon, pour une fois, de ne plus être la seule à répondre de soi. Jamais depuis mon premier roman je n'avais retrouvé ce sentiment d'écrire pour quelqu'un, avec la certitude d'être lue. Le soir, avant de m'endormir, je reprenais conscience. J'étais en train de faire une bêtise, une grosse bêtise en acceptant non seulement de publier ces textes sous mon vrai nom, mais de les écrire à la première personne. N'aurait-il pas été plus intelligent d'établir une distance entre mon corps et ces mots qui me ressemblaient si peu ? J'allais me mettre tout le monde à dos, et en particulier les lecteurs qui, dans mes livres précédents, appréciaient les descriptions feutrées — toujours dire sans dire, suggérer, j'avais tant travaillé pour effacer le travail, les ficelles, pour m'effacer en vérité, et voilà que je m'affichais en toutes lettres, nue, et dans les postures les plus incongrues. J'allais de façon générale me mettre à dos les féministes et les antiféministes, pour des raisons identiques, oui, les lesbiennes radicales, les lesbiennes différentialistes, les néopuritaines, les mères de famille, les nouveaux pères, les anciens et les esthètes de tout poil scandalisés par cet étalage de mauvais goût. J'allais réconcilier tout le monde en faisant l'unanimité contre moi. Je m'imaginais dans la tourmente, répondant péniblement aux interrogatoires. Et reviendrait toujours la même question, la même insinuation : pourquoi avais-je écrit ces textes pornographiques ? Pour de l'argent ?

Je confirmerais, quitte à mentir : pour de l'argent. Voilà qui rassurerait tout le monde.

Pas glorieux, mais compréhensible. Et surtout coupant court à toute discussion.

Heureusement, chaque matin, Gabriel me donnait un petit coup de fil et son attention chassait les doutes de la nuit. Jamais il n'avait eu aucun geste de tendresse à mon égard, ou si, juste une fois, il avait posé sa main sur mon épaule comme un frère l'aurait fait pour parler à sa petite sœur. Je n'avais pas bougé, tétanisée. Gabriel, gagné par cet accès soudain de timidité, avait retiré sa main sous prétexte de chasser un insecte — mais aucune mouche ne tournait autour de nous, aucune guêpe menaçante si ce n'est la tendresse qui nous habitait, cette tendresse qu'il faudrait un jour se décider à déclarer. En attendant, nos corps se tenaient à l'écart. Nous nous observions. Bien évidemment, je savais pourquoi j'écrivais. Pour Gabriel. Pour le séduire. Pour voir jusqu'où j'irais, et jusqu'où il allait me suivre. C'était ma parade amoureuse. Notre danse des voiles. Parfois, lorsque j'étais à court d'inspiration, je pensais à ses yeux et c'était merveilleux de les imaginer, ces yeux complices, ces yeux qui entraient en moi par l'intermédiaire des signes. Un jour, je lui apportai quelques pages manuscrites. Il les parcourut et je le vis rougir. Je suis persuadée que le contenu n'était pas responsable de son émotion. Il y avait des phrases qui, balayées par son regard, me troublaient plus que de raison. Des termes sans beauté particulière, comme *faisselle,* par exemple, ou *vierge,* si proche de *verge* qu'il m'arrivait de douter des lettres qui le composaient. Et puis des mots que je devais vérifier dans le dictionnaire, ceux-là aussi me bouleversaient, surtout — Dieu sait pourquoi — quand ils contenaient l'avant-dernière lettre de l'alphabet, comme *coccyx* ou *pylône*, ou encore *myrrhe* que j'avais réussi à caser pour le seul plaisir d'imaginer Gabriel le découvrant, car j'avais l'impression qu'à son tour il s'y attarderait. Cet instant partagé à plusieurs heures, plusieurs jours d'intervalle me plongeait dans une joie inexplicable. Je crois, enfin j'étais persuadée, que l'éditeur vivait seul et lisait ses manuscrits allongé sur son lit, ou sur le canapé du salon. Il m'avait dit qu'il gardait tous mes textes non pas au bureau, mais dans sa bibliothèque personnelle, à l'abri des regards indiscrets. Un soir — je ne devrais pas écrire cela —, je l'ai suivi jusque chez lui. Gabriel Tournon habite un immeuble moderne donnant sur le canal de l'Ourcq. Jamais je n'avais filé quelqu'un, mais il y a des situations qui ont été tellement représentées au cinéma qu'on a l'impression de les avoir déjà vécues. J'étais restée du côté du quai. La lumière du septième étage s'était allumée. La pièce donnait sur un balcon fleuri, et je dois reconnaître que cette présence végétale m'avait étonnée. Je m'étais promis la fois suivante d'orienter la conversation sur les fleurs, mais la fois suivante j'avais oublié, et cette idée me revint alors que nous allions chercher Aline, assis l'un en face de l'autre dans ce bus qui disait que, quelque part, l'amour nous attendait.

Je reviens à cette idée d'écrire les nouvelles pornographiques en mon *propre* nom. Longtemps j'ai hésité à me mettre en scène de façon aussi explicite, mais il me semble aujourd'hui que c'était la seule manière d'aborder honnêtement la proposition de l'éditeur. Non que ma propension à me confesser eût gagné du terrain, du grand déballage je me sentais fort éloignée, mais pour une raison plus souterraine : il m'aurait été impossible de faire vivre à une autre, fût-elle imaginaire, les débordements que je m'infligeais en tant que narratrice. Je me mouillais, comme disait Aline, je prenais sur moi, et par conséquent, symboliquement, j'avais tous les droits. Voilà ce que je gagnais en payant de ma personne, de ma première personne : la liberté de me travestir, de m'inventer, de me remodeler à loisir sans culpabilité majeure et même avec une certaine jubilation, et sans autre prétention que de servir le texte qui m'était commandé. La médiocrité habituellement réservée à ce genre de littérature (sa médiocrité constituante, comme Gabriel aimait à le répéter) me libérait en outre du souci jusque-là omniprésent dans mes romans non pas du bien-pensant, mais du bien construit et du bien tourné, chaque mot ayant sa place dans la spirale du récit, chaque accessoire son utilité. Cette notion de destin, ou de chemin accompli entre le premier et le dernier mot d'un texte, se réduisait, dans le domaine de la pornographie, à sa plus simple expression : à la fin sera la jouissance. Un but aussi précis et fugace appelait un traitement léger. Je n'avais pas besoin d'alibi grammatical, pas besoin d'habiller mes personnages de phrases décoratives, comme on fourre un morceau de beurre dans le cul d'un poulet industriel pour l'élever au rang du poulet fermier. Ça donne du moelleux la troisième personne, de la distance, on met de l'eau dans son encre, la chair est moins tassée, moins capitonnée. Le lecteur est soi-disant dans la connivence, au même titre que l'auteur, il se sent un peu au-dessus du livre, au-dessus de la mêlée. J'avais tenté ce procédé avec mes deux jockeys à la cuisse légère, mais, malgré son apparente réussite, cette nouvelle ne valait rien. Gabriel s'était enthousiasmé au début, comme il s'enthousiasmait dès qu'on lui apportait quelque chose à se mettre sous la dent, mais il était très vite revenu sur ses compliments. Il avait principalement critiqué le choix du narrateur, cette troisième personne qui tenait les corps à distance. Pour lui la situation était claire, et pouvait se résumer en une simple phrase : la troisième personne, disait-il, c'est moi. Moi, le lecteur privilégié, celui qui représente tous les autres, et toi qui racontes — ou en l'occurrence Aline, la belle Aline aux cheveux coupés de frais pour bien présenter en ce premier jour d'embauche. Je me revois sur le banc avec l'éditeur, attendant mon amie comme des parents inquiets guettant leur progéniture à la grille de l'école le soir de la rentrée. Il faisait froid, Gabriel avait remonté le col de son manteau. Aline apparut sur le seuil de l'immeuble à six heures tapantes. Elle avait l'air épuisée.

— Tu es là, c'est gentil, me remercia-t-elle.

À peine si elle remarqua Gabriel qui, soudain intimidé, restait à l'écart. Comme je me levai et qu'il se leva à ma suite, Aline me demanda à mi-voix qui était ce type qui nous suivait.

— C'est Gabriel Tournon, répondis-je, ce type, comme tu dis, c'est mon Gabriel.

Elle rougit jusqu'aux oreilles et, dans un élan réparateur, lui colla un baiser sur chaque joue en guise de présentation.

— Je suis désolée, s'excusa-t-elle, je viens de passer l'après-midi avec des fous — puis, se tournant vers moi : Tu sais ce qu'il fait comme métier, le type pour qui je travaille ?

Non, je ne devinais pas, je ne devinerais jamais, mais essaie au moins de trouver tu as le droit à trois réponses, il vend des armes, suggéra Gabriel, ce n'était pas cela, il est accordeur de piano, non, ou pompier ? Pas pompier non plus, ce serait le pompon, alors quoi de si remarquable ?

— Il peint des nus, déclara Aline. Et évidemment, il fallait que ça tombe sur moi.

Je ne saisissais pas les raisons de cette pudeur soudaine. Des nus, et alors ?

— Des nus vraiment à poil, précisa-t-elle en détachant ses mots et, comme je souriais de cette aimable redondance, elle insista, tu ne comprends pas, il y en a plein l'appartement, de tous les âges, de toutes les formes, à deux, à trois, à profusion, qui se touchent, qui s'enfilent, dans les renfoncements du couloir, dans les toilettes, dans la cuisine, accrochés par des tringles, des clous, posés sur les meubles, des chevalets, et même dans l'atelier où je me suis retrouvée par erreur, encore des nus, en chair et en os cette fois, qui posaient pour un homme caché derrière son châssis, on aurait dit une photo de mariage sans la robe et sans les chapeaux, une noce naturiste avec des enfants soulevant une traîne imaginaire, leurs petits bras perchés dans l'espace et leur cul rebondi avec la marque du maillot.

Aline n'avait pas frappé avant d'entrer, elle se croyait seule dans l'appartement, tous les visages s'étaient tournés vers elle, alors le peintre avait crié parfait, ne bougez surtout pas. Il faut imaginer mon amie, debout sur le pas de la porte de l'atelier, engoncée dans ses textiles, avec cette flopée de nus plus vrais que nature qui la regardaient fixement. Elle se sentit happée par ces yeux, ces mamelons, ces bassins, ces genoux, et l'odeur de l'huile de lin, cette odeur tenace, alors elle pivota sur elle-même comme un vase de terre fraîche sur le tour d'un potier, le plus légèrement possible, échappant à l'attraction par la lenteur même de la rotation, ainsi réussit-elle, en dégageant son bras, à atteindre la clenche ; mais le peintre se mit à hurler : vous ne comprenez pas le français, j'ai dit :

pas bouger ! Aline suspendit son geste et au lieu d'obéir commença à remettre sa veste. Le peintre posa ses pinceaux et s'avança vers l'intruse. Il avait de longs cheveux blonds retenus en arrière par une barrette, un nez en trompette et un port de tête aristocratique. Sa bouche paraissait immense, peut-être à cause de ses dents très nettes. Pas un dentier, non, il était jeune, plus jeune que ses tableaux ne l'auraient laissé supposer. L'air se comprima entre leurs deux bustes. Aline se concentra sur le mouvement de ses propres mains, ses doigts qui d'expérience introduisaient les boutons dans leurs boutonnières respectives, ce petit mouvement contre cette masse qui s'avançait vers elle. Une femme brune se détacha du chœur des modèles et essaya de s'interposer, elle se plaça devant le peintre, presque à le toucher, et lui intima quelque chose dans une langue qui ressemblait à du latin. Elle avait de très gros seins et une pilosité animale qui débordait à l'intérieur des cuisses. Il lui flatta gentiment la croupe en guise de réponse. L'atmosphère s'assouplit d'un trait. Le peintre accorda dix minutes d'interruption qu'il déduirait, précisa-t-il, de la pause du soir. Il y avait du café dans une bouteille isotherme et des gobelets en plastique. Le peintre seul avait une tasse en porcelaine, un mug sans coquelicot, et quand Aline prononça ce mot je ne pus m'empêcher de repenser aux douze mensualités de la planche révolutionnaire.

— C'est moi qui ai téléphoné hier, expliqua-t-elle au peintre. Je viens faire le ménage. Votre femme...

— Ah, la nouvelle petite bonne, l'interrompit-il en touillant son breuvage. Oui, mon épouse m'a parlé de vous. Eh bien visitez, mademoiselle, visitez...

On se serait cru dans un roman d'un autre siècle. Il montra d'un geste brusque les alentours de son corps, passant devant son ventre qu'il avait un peu gros puis lançant son bras libre par-dessus son épaule, en direction de la réserve. Aline tourna les talons sans répondre à son invitation. Elle n'avait aucune envie de travailler pour un aristo caractériel qui la traitait de bonniche, fût-il artiste, et amateur de fortes pilosités. La porte de l'atelier claqua. Aline était dans l'entrée, prête à quitter les lieux, lorsque la femme du peintre apparut.

— Je vois à votre tête que vous avez rencontré mon mari, débita-t-elle en la poussant vers la cuisine. Il a été un peu brutal, ai-je bien deviné ? Quel imbécile, je l'avais pourtant prévenu de votre arrivée...

Aurait-elle parlé du chien de la maison qu'elle n'aurait pas adopté un ton différent. Aline se retrouva avec un verre de jus d'orange à la main. Elle enleva une nouvelle fois sa veste, et sa patronne la prit pour l'accrocher sur un portemanteau en forme de sexe masculin. Ne faites pas attention, dit-elle, et Aline ne savait pas si elle parlait de la patère ou du tableau qui était à côté. Un couple copulait à angle droit. Les produits ménagers étaient sortis en évidence sur la paillasse de l'évier. Il y en avait pour toutes les matières, le parquet, les meubles en plexi, les panneaux laqués, les vitres, l'émail, le four, les carrelages, et, bien entendu, l'argenterie, la vaisselle précieuse qu'il fallait nettoyer avec un liquide spécial à base de vinaigre, les lieux d'aisances comme disait Marie-Claude — Marie-Claude Puget, ainsi s'appelait la patronne —, et je ne sais quoi encore ; il y avait même une bombe multisurface et la collection complète de textiles pour accompagner chaque produit, du chiffon à poussière classique à la peau de chamois en passant par le torchon nid-d'abeilles écrasé, la lavette à trou-trous, la double serpillière avec son fil rouge au milieu, les lingettes, le tout très propre, très empilé, comme si la panoplie complète avait été achetée en prévision de l'arrivée d'Aline. Marie-Claude lui montra également où se trouvaient les biscuits, le thé et la théière de service. Aline la remercia, elle ne savait plus si elle devait partir. Une chose était certaine : on voulait faire bonne impression à la nouvelle bonne, et l'on pouvait se demander ce que la bonne devait en penser. Une sonnerie stridente la fit sursauter. Marie-Claude Puget lui suggéra d'aller donner un coup dans la chambre conjugale. Elle lui montra d'abord le plumeau, puis l'aspirateur tout en parlant au téléphone. Suivant ses indications, Aline commença par épousseter les toiles, chatouillant du bout de ses plumes les nombrils immortalisés par le pinceau du maître. Les tableaux étaient tous du même format, un carré très étrange pour des peintures en pied. Il y avait de grandes plages vides de chaque côté du modèle, souvent des aplats de couleur, parfois un rideau, ou rien. Aline reconnut sur le mur de droite la femme brune qui avait pris sa défense. Elle devait s'être épilée pour l'occasion, car le peintre avait insisté sur la netteté du pubis, on ne voyait que ça d'ailleurs dans tout le tableau, ce triangle d'un noir profond trouant le centre de la toile.

Gabriel Tournon tripotait le col de son manteau. Nous nous étions installés dans un petit café pour écouter le récit d'Aline. L'éditeur n'avait pas commandé de whisky, mais un panaché, comme nous. Très sincèrement, je pensais qu'Aline était bien tombée. J'étais persuadée qu'elle trouverait facilement ses marques dans la maison d'un artiste, si caractériel fût-il. D'ailleurs, je me mettais à la place de son nouveau patron, et je comprenais son exaspération. Aline entrait sans prévenir dans le lieu où il travaillait et créait, malgré elle, mais créait tout de même une situation admirable, et au lieu de respecter les indications du peintre elle s'empressait de rompre le charme, comme une gamine qui d'un coup de pelle détruit le château de sable qu'elle vient de construire sous prétexte qu'un autre enfant pourrait s'y amuser. Gabriel abonda en mon sens, il imaginait tous ces gens nus constatant l'irruption d'une jeune fille habillée. Quelle inversion merveilleuse, commenta-t-il, le vêtement qui fait tache, le vêtement objet d'étonnement, de sensualité, et Aline se retrouva seule à défendre la pertinence de son comportement.

— Vous êtes drôles, protesta-t-elle, j'étais là pour m'occuper du ménage, pas pour m'exhiber !

Je ne comprenais pas pourquoi elle s'acharnait,

je ne voyais pas ce qu'il y avait de dégradant à poser au lieu de passer l'aspirateur. Poser habillée, de surcroît, vraiment, je ne voyais pas. Aline que cette conversation fatiguait se leva sous prétexte d'aller acheter des chewing-gums au kiosque du coin. Elle avait les larmes aux yeux. Je l'accompagnai en laissant l'éditeur un peu désemparé, seul devant son panaché. Alors, elle me raconta tout d'un trait. Comment Marie-Claude Puget l'avait regardée épousseter les nus, puis comment elle l'avait entraînée sur le lit sous prétexte de l'aider à changer les draps et comment son mari s'était jetée sur elle, à même l'alèse.

— *Elle* qui ? demandai-je.

Aline ne répondit pas, elle devait croire que je me moquais de son récit. Honnêtement, je ne comprenais pas qui s'était fait sauter : la femme ou l'employée, ou les deux en même temps ? Tout ça était confus. Je pris Aline dans mes bras, une de ces accolades bien rassurantes, à l'américaine, et elle commença à vouloir m'embrasser en pleine rue. Elle me tirait vers une porte cochère en me répétant que j'étais sa meilleure amie, sa seule amie en vérité. Je ne sais pas ce qui nous arrivait, ce qu'elle voulait effacer en se frottant contre mon corps, comme si j'étais une gomme, je n'avais qu'une seule peur, que l'éditeur vienne nous rejoindre, qu'il nous prenne pour des gouines, je n'ai rien contre les gouines mais ce n'était pas le moment. Ce n'est pas le moment, expliquai-je à Aline, je t'aime beaucoup, tu le sais bien, mais Gabriel nous attend, et puis ton histoire de peintre on va l'écrire ensemble et tout ira mieux...

J'avais l'impression de me retrouver quelques semaines en arrière, près de la Bastille, quand Aline avait proposé d'écrire avec moi le texte sur les pompiers. Je lui fis promettre de ne plus aller chez Marie-Claude Puget. L'argent ne manquait pas, au besoin je demanderais un petit complément à Gabriel Tournon, au point où nous en étions, Gabriel qui avait réglé la note, il devait rentrer chez lui pour se changer avant d'aller dîner avec un éditeur italien intéressé par le concept de Nouvelle Pornographie. Il tendit la main à Aline qui ne fit même pas l'effort de la prendre. Je la saisis et la serrai trop fort. J'aurais bien aimé que vous veniez avec moi défendre notre projet, avoua Gabriel, mais je crois qu'il vaut mieux que vous rentriez toutes les deux. Aline a besoin de vous...

J'appréciai sa délicatesse, et le petit signe qu'il m'adressa alors qu'il s'apprêtait à disparaître au coin de la rue. Je me retournai au même instant et, moi aussi, caressai l'air du bout des doigts.

Aline marchait quelques pas en avant, elle m'en voulait de m'être dégagée quand elle avait essayé de m'embrasser. Je la sentais si seule malgré tous ces garçons qui passaient derrière le rideau, d'autant plus seule qu'elle devait bien savoir qu'entre Gabriel et moi, une histoire importante se dessinait. Avait-elle peur que je la laisse tomber? Je vis en transparence qu'elle portait un string, son nouveau string avec un nœud devant, et je me demandai ce qui lui avait pris de le mettre pour aller travailler. Soudain, elle s'immobilisa. Mon sac, dit-elle d'une voix blanche, et elle me regarda d'un air stupide, comme si elle était complètement partie. Oui, droguée, voilà ce qu'elle était, je venais seulement de comprendre pourquoi elle agissait de façon si étrange depuis tout à l'heure, la femme avait dissous quelque chose dans son jus d'orange, de l'ecstasy sans doute, ou des gouttes destinées à soigner les dépressions des clébards, très amères, mais très à la mode, et qui donnaient, prétendait-on, des orgasmes en bâillant. Il y avait aussi ce médicament réservé aux chevaux, bien plus efficace pour faire claquer les élastiques, et plus dangereux, sans aucun doute, que les peaux de bananes séchées que nous fumions avec mon petit camarade près de la chaudière du lycée.

— Souviens-toi, demandai-je à Aline, il n'avait pas un drôle de goût, ton jus d'orange?

Elle ne savait plus, elle était fatiguée, perdue, comme son sac à main. Elle se remit à pleurer. Je l'ai laissé dans l'antichambre, renifla-t-elle, il est posé sur une chaise, à côté d'un grand parapluie bleu marine. Je me suis même dit : c'est drôle, un parapluie de cette taille, en plein Paris...

Je lui proposai d'aller chercher son sac à sa place, mais elle parut affolée soudain, comme si elle avait fait une bêtise avant de quitter l'appartement. Je ne me laissai pas démonter. Aline n'eut pas la force de me retenir, elle me donna le code et s'affala sur le banc, en bas de l'immeuble, là ou une heure plus tôt Gabriel et moi l'avions attendue. Je demandai madame Puget à l'interphone et une voix masculine me répondit qu'elle se reposait. J'expliquai le but de ma visite. Une sonnerie m'annonça l'ouverture de la porte. Arrivée au quatrième étage, je trouvai les affaires d'Aline sur le paillasson. Tout semblait à sa place, l'argent, les papiers d'identité. Une enveloppe était glissée dans la poche extérieure du sac, avec deux billets de cent francs et la reproduction d'une peinture abstraite qui, d'après le texte écrit de la main de l'artiste, était le tableau préféré d'Aline. Il s'agissait d'un triangle dessiné au fusain dans un aplat de couleur chair, ce même tableau qu'Aline m'avait décrit comme étant le portrait en pied de la femme qui avait parlé en latin, ou assimilé, et je me souviens de m'être dit, alors que claquait la porte de l'ascenseur : *Aline est en train de devenir folle.*

Je me le suis dit comme ça, en italique, très détaché du reste de mes pensées.

J'ai un ami dont la sœur jumelle a déjanté un soir, sans raison apparente. Lisa était une jeune fille menue et plutôt solitaire, ce qui ajoutait à son prestige. J'admirais sa façon de mener sa vie, hors des modes et des conventions. La souplesse de son esprit associée à la haute tenue de son petit corps formaient un ensemble réjouissant. Son cou très long me fascinait, la longueur de ses phrases aussi qui sortaient de sa bouche en effleurant ses lèvres avec délicatesse, au plus près de l'air qui les transportait, comme si tout effort de projection eût été d'une prétention déplacée. Nous échangions nos livres, elle me conseillait, me révélant des auteurs dont je n'avais jamais entendu parler à la maison, trop ordinaires sans doute pour figurer dans la bibliothèque paternelle, mais qui nous plaisaient beaucoup parce qu'ils nous faisaient pleurer. Nous cochions d'un coup d'ongle les scènes émouvantes pour les reprendre le dimanche, à voix haute, devant le frère qui, ayant le béguin pour sa jumelle, restait exceptionnellement assis sur le canapé sans battre des pieds. La veille de la crise, j'étais allée chez le coiffeur de Lisa. Il m'avait coupé la frange comme elle, très courte, à la romaine. Onze années sont passées. Il me semble encore entendre la voix du frère m'annonçant au téléphone que sa sœur avait été internée. Elle avait commencé par aborder des inconnus dans la rue en leur proposant de coucher avec elle. Elle prétendait qu'ils la suivaient et que la seule façon de se débarrasser d'eux était de satisfaire leur désir. Elle accomplirait cet acte gracieusement, non par courtoisie mais pour avoir la paix. S'ils ne l'écoutaient pas ou essayaient de la ramener à la raison, elle les insultait, les traitant de *trous du cul.* C'était son grand truc ce soir-là, traiter les hommes de trous du cul, le frère me le répéta bien trois ou quatre fois et ça devait imprimer une drôle de grimace sur sa bouche quand il prononçait ces mots. Finalement, un passant moins scrupuleux que les autres avait accepté les avances de cette jeune fille qui s'offrait à lui. Oui, pourquoi ne pas l'avouer, Lisa tombait à pic : il avait très envie de la sauter, elle, personnellement, ou n'importe quelle autre fille en vérité. Ils étaient allés dans son deux-pièces, à peine la porte refermée il l'a (...), pas envie d'imaginer la suite, malgré l'insistance de Gabriel Tournon qui — l'ai-je déjà relevé? — développe à mon contact une aversion pour les points de suspension en général, et ma façon de les utiliser en particulier; mes parenthèses évidées lui donnent, dit-il, la chair de poule, comme si le texte avait été expurgé à la gouge. L'idée de la gouge me convient. Sculpter des phrases, les travailler en trois dimensions. Lisa était redescendue une heure plus tard, elle avait marché, marché, pratiquement traversé Paris dans un état de confusion extrême. Elle voulait s'échapper, raconterait-elle plus tard, se décoller de cette ville qui prenait chaque parcelle de son corps pour point d'appui. Elle avait l'impression d'être reliée au monde qui l'entourait par des milliards de fils invisibles, des tiges filetées, des câbles élastiques, et cette lucidité l'accablait. Tout tenait à tout, tout tenait à elle, et pourtant *elle* se sentait creuse, comme aspirée par un ailleurs qui n'existait pas. Le désir qu'elle éveillait chez les hommes et leur peu d'attention profonde créaient dans son esprit une tension insupportable. Vers minuit, elle se déshabilla en plein carrefour sous prétexte qu'un automobiliste l'avait regardée de travers. La police, alertée par un chauffeur de taxi, intervint dans le quart d'heure qui suivit. Lisa leur expliqua que le conducteur lui avait jeté un mauvais sort qui était resté accroché à ses vêtements, la seule façon de s'en débarrasser étant de les enlever avant que le sortilège ne la pénètre. Quand le frère vint la chercher, Lisa ne voulait plus quitter le commissariat. Elle se sentait bien dans ces locaux, protégée de la rue par des vitres épaisses, des hommes armés, des piles de dossiers. Comme elle refusait obstinément de remettre les pieds chez elle, on l'installa avec la bénédiction de ses parents dans une clinique blanche où l'infirmière lui promit que les habits qu'elle portait en arrivant, les habits contaminés par le regard en biais de l'automobiliste, avaient été brûlés. Incinérés, précisa-t-elle, alors qu'elle les avait refilés à sa voisine, décrétant qu'aucun esprit, si pernicieux fût-il, ne résisterait à un bon lavage à soixante degrés. Sur ce premier mensonge s'élabora une tentative de thérapie ponctuée de pilules aux teintes pastel.

J'allais voir Lisa au moins une fois par semaine, parfois deux, le plus souvent avec son frère. Ses médicaments la rendaient pensive. En fin de journée, elle avait du mal à trouver ses mots. Prononçait-elle plusieurs phrases d'affilée qu'une écume blanchâtre s'insinuait au-dehors de sa bouche, une petite mousse collée à la commissure, et je me demandais si Lisa en avait seulement conscience. Bien sûr, elle en avait conscience. Sur l'insistance de sa mère, le traitement fut modifié. Les glandes recouvrèrent un niveau raisonnable de sécrétion. Rien n'était réglé, mais l'écume restait en deçà des lèvres : voilà qui, de l'avis des parents, marquait un pas décisif vers la guérison. Ils manifestèrent leur soulagement en offrant à l'équipe une grande boîte d'escargots en chocolat. Que leur reconnaissance s'incarnât dans un animal producteur de bave ne fit sourire personne — en vérité, personne ne le remarqua tant furent appréciés au premier degré le contact lisse et l'intérieur crémeux des gastéropodes. Les jours passaient, la boîte se vida, l'une des infirmières garda l'emballage pour sa nièce qui les collectionnait. Lisa ingurgitait les compléments alimentaires que lui apportait sa mère avec une bonne volonté désarmante, ne s'opposant à rien, incapable de lire ou de soutenir une conversation : elle récupérait. Elle n'était plus réveillée la nuit par des voix masculines, mais il semblait encore trop tôt pour envisager la sortie que son père appelait de ses vœux pressants — la clinique, ça coûte cher, surtout en chambre particulière. Un jeudi, la secrétaire qui enregistrait les dossiers nous avertit que le psychiatre souhaitait nous parler. Je compris à cette occasion que le personnel me prenait pour quelqu'un de la famille, la demi-sœur peut-être, ou la belle-sœur de Lisa. Le psychiatre nous reçut sans attendre dans la pièce vitrée réservée au stockage des médicaments. Son visage préoccupé laissait présager le pire. Il fronçait les sourcils comme s'il avait quelque chose à nous reprocher. Qu'avions-nous fait pour le mettre dans cet état ?

Le problème ne venait pas de nous, mais de Lisa.

Lisa qui, sous ses dehors résignés, voulait le traduire en justice — déposer une plainte contre moi, souffla le psychiatre, ayant au préalable jeté un coup d'œil dans le couloir pour s'assurer que personne ne pouvait l'entendre. Il préférait nous le dire tout de suite, nous n'avions aucune chance de gagner.

— Elle prétend que j'ai abusé d'elle, expliqua-t-il, que je l'ai tripotée sous prétexte de vérifier l'état de son cœur ou je ne sais quelle absurdité...

À la façon dont le médecin présenta l'affaire, je sentis que les allégations de Lisa recelaient une part de vérité. Il insistait sur le préjudice moral qu'encourrait la famille à voir cette affaire portée devant les tribunaux. Il nous assura qu'il n'avait eu, fallait-il le préciser, aucun geste déplacé. Si telle était la vérité, pourquoi éprouvait-il le besoin de se défendre ? Car, les jours passant et Lisa s'accrochant à son accusation comme à une bouée au milieu de la mer, il se justifiait sans relâche, appelant à son secours les cas similaires rencontrés en quinze ans de carrière, à la rescousse les cas historiques, avec un petit tour par l'amphithéâtre de la Salpêtrière. Il nous invita même à déjeuner dans un restaurant près de la clinique. Je crus qu'il allait avouer, enfin, se mettre à table, mais les plats se succédaient et aucun mot ne se disait qui n'avait déjà été prononcé. Le psychiatre choisit de bons vins, insista pour que nous prenions un dessert, et obtint entre le café et le pousse-café l'assurance que la famille n'intenterait aucun procès à son égard. Il en allait de la santé mentale de *la petite*, comme il appelait mon amie, de son avenir, et je voyais ses yeux briller à l'évocation de toutes ces années qu'il lui restait à vivre. Il choisissait en parlant de Lisa des mots pleins de compassion. La douceur de sa voix me rappelait ce prêtre qui recevait à l'aumônerie les confidences des collégiennes. Il tenait à ce qu'on l'appelle par son prénom et qu'on le tutoie. Fut créé dans le sous-sol du bâtiment principal, à son initiative, un coin causerie avec panneau d'affichage et distributeur automatique de Chocorêves. Les bénéfices allaient aux pauvres de la paroisse, c'était notre alibi, nous nous bourrions de confiseries en pensant au réconfort que nous apportions aux familles nécessiteuses. Le prêtre insistait sur l'importance des petits gestes de tous les jours. Dieu remarquait. Nous le sentions dans les couloirs, dans la rue, il suffisait de lui faire confiance pour qu'il apparaisse, de nous donner à lui. Puis vint le jour où le prêtre tomba malade. De quoi, on ne le disait pas. Il partit se soigner en province. Une sœur le remplaça au pied levé. Le printemps tardait à venir, elle était toujours de bonne humeur et portait des socquettes dans ses sandales : l'enthousiasme pour les affaires spirituelles retomba comme un soufflé trop cuit.

Le frère de Lisa me raccompagna en voiture. Je lui fis part de mes doutes à propos du psychiatre. Il protesta. Tu ne vas pas t'y mettre aussi, on se demande si tu as vraiment envie que Lisa guérisse, et je n'entendis plus le son de sa voix jusqu'à la Bastille. Au moment de nous séparer, il m'annonça que, tout bien réfléchi, j'avais une influence désastreuse sur sa sœur. D'ailleurs il n'avait jamais compris pourquoi je m'obstinais à lui coller aux basques, elle ne m'aimait pas, ne m'avait jamais aimée, avait seulement pitié de moi, et, cela établi, il me conseilla de lui foutre la paix avec mes idées malsaines. Il me laissa abasourdie sur le trottoir, filant sans autre explication. Ainsi récupérait-il sa sœur pour lui tout seul, enfin croyait-il la récupérer — ce qui ne m'empêcha pas de me rendre à la clinique le lendemain. Lisa regardait la télévision dans la salle commune. Je lui fis demander si elle voulait me parler. L'infirmière m'adressa un sourire compatissant. La réponse était négative.

Sur cette rupture sans querelle, je partis en vacances avec ma mère, mon frère aîné et, par intermittence, l'un de ses amis. Le soleil brilla dès le premier jour, jamais je n'ai passé un aussi triste été. Le mois d'août apporta son lot d'orages, un tilleul reçut la foudre, il fallut le sacrifier. Quand je rentrai à Paris, Lisa avait déménagé. Je n'eus aucune nouvelle d'elle ni de sa famille jusqu'au soir où, trois ans plus tard, je rencontrai son frère au guichet de la gare Saint-Lazare. Je nous revois, de part et d'autre de l'hygiaphone, essayant de rétablir un dialogue qui, dans mon esprit, ne s'était jamais interrompu. Les informations m'arrivaient par bribes ; je devais les soutirer, lui arracher ces mots qu'il avait du mal à partager. De l'avis général, Lisa semblait sortie d'affaire. Elle s'était mariée, oui, elle avait épousé le psychiatre. Ils habitaient un pavillon avec jardin juste derrière la clinique. De cette union était née l'envie d'un enfant qu'ils étaient allés chercher dans un orphelinat près de Port-au-Prince. La petite fille se prénommait Marie, comme moi, et je lus en ce choix un signe douloureux.

Pourquoi le visage de Lisa, son visage d'alors, me revenait-il si souvent à l'esprit depuis que je travaillais avec Gabriel Tournon ? Je me demandais si l'histoire de mon amie transposée dans une œuvre romanesque aurait présenté un quelconque intérêt. Plusieurs fois j'avais été tentée de la développer, en la modifiant bien entendu ; on m'a même commandé, il y a trois ou quatre ans, un scénario sur un sujet similaire — le projet n'a jamais abouti. Le synopsis s'ouvrait sur une citation de Lacan : « Le moi est une construction imaginaire. S'il n'était pas imaginaire, nous ne serions pas des hommes, nous serions des lunes. Ce qui ne veut pas dire qu'il suffit que nous ayons ce moi imaginaire pour être des hommes. Nous pouvons encore être cette chose intermédiaire qui s'appelle un fou. »

Le réalisateur pressenti avait essayé de me faire remplacer cette phrase par un dicton populaire dont j'ai oublié les termes exacts, mais j'avais résisté à ses conseils. Il prétendit par la suite que cet exergue avait effrayé ceux qu'il appelait avec componction « les décideurs », sans préciser jamais de qui il s'agissait. Ce va-et-vient de l'homme à la lune, et de la lune au fou, m'évoquait de façon irrésistible le personnage du professeur Tournesol, et en particulier cette scène où Tryphon confie au capitaine Haddock la création imminente d'une variété de roses à l'odeur exquise — dialogue de sourds qui n'était pas sans rappeler les échanges entre Lisa et le psychiatre, son futur mari, dans l'enceinte de la clinique — et, de façon plus douloureuse (mais cela, j'étais encore loin de m'en douter), les conversations passionnées avec l'éditeur autour de l'idée d'un hypothétique renouveau de la pornographie. Il faudra que je lui montre à notre prochain rendez-vous, pensai-je alors, cette image où Bianca Castafiore pointe son ongle en direction du vieux loup de mer, lui reprochant sa tenue, et ses cheveux en particulier, cette mèche rebelle, *quand donc apprendrez-vous à vous coiffer convenablement*, lui demande la cantatrice, *au lieu d'essayer de singer la nouvelle vague*? Et de lui faire sentir une rose d'où s'échappe une guêpe qui lui pique le nez. Voilà ce qu'il advient dans les allées du parc de Moulinsart, le nez s'enflamme, il se dilate sous le flash crépitant de Walter Rizotto, le voyeur de service, alors la cantatrice aux lourdes paupières, celle qui jouit de se voir si belle, dans un geste magnanime, sacrifie sa rose : elle froisse ses pétales pour les poser en équilibre sur l'appendice turgescent du capitaine, formant une crête apaisante d'une belle couleur violine, une crête rappelant à n'en point douter son entre-deux ; oui, il faudra que je montre ces pages à Gabriel comme il m'a montré les articles du Larousse Ménager, car de tout cela nos rêves sont pétris, des lunes de Lacan aux bijoux de la Castafiore, en passant par le bon petit diable recouvrant l'épiderme de son postérieur d'images sataniques pour effrayer sa vieille cousine, la mère Mac'Miche, le jour où il lui prendrait envie de baisser sa culotte, de le fesser ; et ce jour vint sans tarder, je revois encore la tête de la marâtre découvrant les démons, toutes cornes au vent, et le regard malin du petit garçon. Nous avions chacun nos histoires d'enfance, notre vocabulaire de la nudité — je me demandais comment le monde de Lisa, ce monde parallèle qui l'avait conduite à se déshabiller en pleine rue, avait pu s'échafauder, avec quels éléments, selon quels modèles ? Pour en revenir au dérapage d'Aline après sa journée de travail chez Marie-Claude Puget, je ne saurais sans doute jamais ce qui s'était vraiment passé, comment avait-elle dit ? sur l'alèse, *à même* l'alèse. Aline, si bavarde en général, avait été à ce sujet d'une pudeur extravagante. J'avais respecté sa discrétion de peur de déclencher un processus qui la retournerait contre moi. L'exemple de Lisa m'avait suffi. Je n'aurais pas supporté de perdre une seconde fois ma meilleure amie.

Aline avait ruminé pendant quelques jours, elle sortait de l'appartement, elle rentrait, elle ne tenait pas en place. Je la soupçonnais d'avoir une relation avec le peintre. Elle riait un peu fort, me serrait pour un rien dans ses bras, me rappelant que j'étais tout pour elle, tout, dix fois de suite en regardant ailleurs, vraiment elle m'inquiétait et je dois avouer que son agitation, à force, devenait insupportable. Je l'encourageai à prendre des vacances. Elle avait de grands cernes qu'elle cachait derrière des lunettes noires. Et une théorie fumeuse sur la présence de ces cernes qui n'étaient, à l'en croire, ni la marque tangible d'une vie sexuelle intensive ni le signe d'un manque évident de sommeil, mais le résultat d'une allergie aux pots d'échappement. Elle disait « aux pots d'échappement », et non pas à la pollution ou au gaz carbonique, ce que je lui fis remarquer et elle s'emporta, Dieu sait pourquoi. Nous nous agacions mutuellement, et cette irritation quotidienne dans un si petit espace, sur de si petites choses, me renvoyait à des souvenirs que je préférais oublier. Finalement, Aline décida d'aller passer une semaine au grand air chez sa tante, en Normandie. Gabriel m'annonça à son tour qu'il partait le lendemain pour Milan. L'éditeur italien s'était montré plus qu'intéressé par mes textes. Il voulait lui présenter un auteur susceptible de participer à la collection. Il en profiterait pour contacter quelques journalistes afin de tester, hors des frontières de l'Hexagone, la validité de nos réflexions.

Le départ d'Aline eut des conséquences inattendues. Récupérant l'alcôve pour travailler, je me mis à tartiner des pages et des pages de notes que je classais ensuite dans l'espoir de jeter les bases des derniers textes courts et, ici et là, de glaner quelques éléments pour mon futur roman. Roman hypothétique, je le compris en soupesant le dossier qui lui était consacré, léger, très léger, à peine plus lourd après une semaine de travail intensif tant il m'était difficile d'échapper à l'univers poisseux des nouvelles. Je pensai à cet ami qui se vit commander, après la publication de son premier ouvrage, un livre porno. Les consignes étaient simples : comme dans certaines résidences américaines, ni enfants ni animaux. Malgré l'intérêt qu'il portait au projet, intérêt financier s'entend, il avait été obligé d'y renoncer. Il n'arrêtait pas de se masturber, ce qui rendait l'entreprise exténuante. Peut-être aurais-je dû suivre son exemple. Abandonner, je veux dire. J'avais hâte que tout cela se termine. Gabriel aurait souhaité que j'entraîne mes lecteurs dans des pays lointains, l'Inde par exemple que je connaissais un peu pour y avoir habité, ou le Japon que je connaissais mieux encore pour avoir fréquenté ses écrivains de façon assidue, mais ma plume résistait à s'engager dans des descriptions qui toujours m'évoquaient des scénarios à résonance publicitaire. Les décors m'ennuyaient, et surtout les décors exotiques. Je préférais les corps, l'espace créé par les corps sur le blanc de la page. La télé aussi me gênait, celle de la voisine en particulier, et les bruits venant du dehors, ces marteaux piqueurs qui n'en finissaient pas de défoncer la chaussée, pourtant je travaillais sans m'arrêter, des heures d'affilée. Je me surprenais moi-même, comment pouvais-je rester si longtemps assise? Jamais je n'avais senti à quel point l'écriture était un acte physique, exigeant de l'ensemble des muscles un effort vertigineux. Effort de transparence; effort d'immobilité. Je me couchais fourbue, courbatue, les épaules en portemanteau, la nuque grinçante et les coudes meurtris. Ma peau se creusait en frottant sur le bois de la table. Je plaçais des serviettes sous mes avant-bras en guise de coussin. Les serviettes glissaient, je les ramassais une fois, deux fois; à la troisième je laissais tomber. Personne ne va me croire, quelle absurdité, des ampoules aux coudes! J'avais mal aux reins. J'avais mal aux yeux. Ma journée était ponctuée par mes voyages aux toilettes et l'administration de ces gouttes ophtalmiques qui me donnaient l'impression de pleurer sur commande. L'eau entrait et ressortait comme s'il était besoin sans cesse de nettoyer le corps, l'intérieur du corps et ses surfaces les plus exposées aux mots qui s'écrivaient. De temps à autre, je m'obligeais à respirer cinq minutes par la fenêtre de la cuisine, je me secouais un peu, comme on aère un vieux tapis. Le soir, je descendais acheter des cigarettes et manger un plat tout préparé que le traiteur chinois du bas de la rue me faisait réchauffer dans son four à micro-ondes. J'évitais les nems qui sortaient mous. J'aimais bien quand le vieil homme qui tenait la boutique m'appelait « Mademoiselle Marie ». Par ces mots commençait la deuxième carte postale que j'avais reçue de mon père, une carte envoyée d'Avignon, représentant l'entrée principale du palais des Papes. Mademoiselle Marie avait cinq ans, il fallait qu'elle apprenne à lire pour que son papa puisse lui écrire. Mademoiselle Marie devait embrasser Cora, sa poupée. L'homme au regard triste rajoutait toujours un petit quelque chose dans le paquet, discrètement, pour éviter les remerciements. Sa femme passait sa tête par la porte de la cuisine. Ses cheveux tressés lui donnaient un air de jeune fille. Je buvais des boissons à base de soja, conditionnées dans des cannettes à fond épais. Mon dessert préféré collait aux dents, il remplissait bien la bouche, sans trop la sucrer. Une saveur mate, poudreuse, qui me rappelait quoi? Vers neuf heures, j'entendais les pas de la voisine d'au-dessus. Elle branchait la télé, n'importe quoi, pourvu qu'il y ait du bruit. Parfois c'était la radio et la télé en même temps. Je me couchais quand elle avait terminé sa toilette — les canalisations passaient le long de mon lit, à l'intérieur du mur. La lumière éteinte, les mots tournaient encore dans mon esprit, il fallait que je tende le bras pour noter un dernier adjectif, une expression resurgie de je ne sais quelle palpitation de la mémoire. L'immersion intensive dans le sujet, sans intervention extérieure, bouleversa mes perspectives. Pourquoi avais-je tant écouté les autres ? Je compris que les seules questions qui méritaient d'être posées, les seules susceptibles de faire avancer ce travail pouvaient se formuler en quelques mots : qu'est-ce qui me trouble, serais-je capable d'écrire ce qui me trouble ? Par exemple, est-ce que l'idée de Lisa dans le cabinet du psychiatre pouvait susciter en moi une quelconque émotion érotique, ou l'image du capitaine branlant son vit dans le décolleté de la Castafiore, et si oui, de quelle façon, en quels termes, suivant quelle syntaxe ? J'essayai d'imaginer le médecin glissant deux doigts dans la culotte de sa patiente, mais mon évocation manquait de conviction. Je fermai les yeux. Il fallait tout inventer, de loin d'abord, puis dans les moindres détails. Je vois la pièce et son mobilier qui aurait besoin d'être rafraîchi. Lisa porte un pantalon large, quelque chose comme un pyjama. Le psychiatre dérouté par son indifférence change de technique. Au moment de la raccompagner, il saisit la main de la jeune fille pour la poser sur son sexe à lui. Elle ne proteste pas, se contentant de détourner les yeux comme pour dire qu'elle n'est pas responsable, n'est-ce pas, ce n'est pas elle, cette fois, qui a commencé. Des cadres mordorés rythment le gris des murs. En observant ce qu'elle a pris pour une collection de cartes postales, Lisa découvre qu'il s'agit de photos anciennes, et plus elle les regarde, plus les scènes se révèlent dans leur merveilleuse fantaisie. À droite de la bibliothèque, une soubrette aux bas roulés fouette le torse de son patron. Comment le médecin ose-t-il afficher ainsi ses préférences ? Le cœur de Lisa s'enflamme. Un tel aveu mérite récompense. Sa main se réveille entre les cuisses du psychiatre qui émet, en échange, un grognement de satisfaction. On peut imaginer qu'à cet instant précis se scelle leur union, la séance devant monsieur le maire n'en étant qu'une pâle reproduction. De l'autre côté de la bibliothèque, la même soubrette fait le grand écart, les tétons victorieux, devant le fils de sa maîtresse. On devine les pelotages entre deux portes et les siestes coquines sous les duvets maison. Les modèles se sont amusés pendant les échauffements, et l'on sent ce plaisir de l'avant figé dans leurs regards plongeant au centre de l'objectif. C'est cela qu'il faut retrouver en écrivant les nouvelles pour Gabriel, la gourmandise des mises en scène de la Belle Époque, leur cocasserie. Je rallume la lumière et vais m'asseoir à mon bureau. Ce mélange de raideur et de volupté des photographies érotiques me rappelle ce compositeur rencontré place Dauphine, un soir d'été. Il jouissait exclusivement lorsque, ayant fourré son engin, on lui grattait les testicules. Il m'avait appris à passer mon bras sous nos deux cuisses réunies pour atteindre mon but par-derrière. Le même geste devait être répété avec précision, au même endroit, avec la même intensité — il signait la fin des réjouissances. Un grondement me rappelait à l'ordre si, par étourderie ou par provocation, j'introduisais une variante à sa proposition. Il était à la fois agaçant et très excitant de savoir qu'à ce moment précis, en accomplissant ce rituel minuscule, le compositeur allait s'abandonner. Le sentiment de puissance qui s'en dégageait éclipsait le caractère monotone de ce que j'appelle, faute de trouver un terme plus approprié à l'instant où j'écris ces mots, nos ébats. C'était en outre un compagnon agréable, excellent musicien et improvisateur de génie. Souvent, après le dîner, il s'asseyait au piano. Une fois au lit, il m'embrassait à pleine bouche — avec le vide de la bouche. J'adorais ce moment précis où la partie charnue de ses lèvres prenait possession de moi. Son corps devenait lourd. Après avoir éjaculé, il s'endormait quelques minutes.

Parfois il ronflait, c'était mignon ce petit ronronnement de l'après.

Une nuit, nous nous connaissions depuis six mois, j'ai demandé d'où ça lui venait, cette habitude. Il ne comprit pas de quoi je voulais parler, cette habitude, quelle habitude, et comme je précisais ma pensée, il se mit en colère : j'étais tellement vulgaire sous mes airs angéliques, comment osais-je, après tout ce que nous avions partagé, les soirées à l'Opéra, les promenades en Franche-Comté et la Biennale de Venise...

J'essayai de me justifier, il s'agissait là d'une exigence peu encombrante en vérité, elle ne me gênait pas le moins du monde, j'étais juste curieuse, juste intéressée par le processus qui avait conduit sa jouissance à se cristalliser sur ce geste intime. Par quel miracle un grattouillis de rien du tout pouvait-il déclencher un orgasme ? Pensait-il à quelque chose en particulier, ou s'agissait-il d'une réaction purement physique ? Il me semblait qu'il y avait une histoire derrière tout cela, un souvenir ou un fantasme qui, à chaque répétition, faisait chambre d'écho...

Le musicien s'enroula dans un drap et alla s'asseoir sur son tabouret noir. Je le voyais de trois quarts, très majestueux en vérité avec sa traîne blanche et ses cheveux plaqués en arrière, son long nez droit aux narines bien dessinées. Il tapotait les touches d'ivoire sans qu'aucun son ne sorte, ni de sa bouche ni du piano. Je compris qu'il se retenait pour ne pas me flanquer à la porte. Il se retenait, non par égard pour moi, mais parce qu'il n'arrivait pas à dormir seul dans son lit. Sans doute cherchait-il le moyen de rompre, tout en me gardant à ses côtés encore quelques jours, le temps de trouver un corps pour remplacer le mien. Par provocation plus que par conviction intime, je choisis de prendre les devants. Prétextant un travail à terminer chez moi, je me retrouvai dans la rue à onze heures et demie du soir avec mon sac en plastique vichy rose et ma couche de foutre à l'intérieur du ventre, comme un vernis. Je n'avais pas envie de pleurer et cette sécheresse m'inquiétait un peu. Je me sentais à la fois triste et soulagée. Un peu vexée sans doute que le compositeur n'ait pas fait un seul geste pour m'empêcher de partir. Il était resté immobile, le cul vissé au tabouret pendant que je me rhabillais. Il avait l'air désolé, désolé, désolé. Une semaine passa, puis une autre, il ne répondait pas à mes messages, je n'arrivais pas à l'oublier. Le mardi suivant, il réapparut dans le café où nous avions l'habitude de retrouver nos amis. Il s'assit au comptoir, sans remarquer ma présence, et commanda deux Martini blancs avec des olives. La jeune fille qui le rejoignit presque aussitôt me ressemblait. Il lui parlait un peu trop fort, elle le trouvait drôle. Parfois, elle tortillait ses cheveux puis les relevait comme on fait la roue, en écartant les coudes. Elle ne se rasait pas sous les bras. Quand ce n'étaient pas les cheveux, c'étaient les poils de ses aisselles qu'elle roulottait entre le pouce et l'index. Ses yeux glissaient sur la chemise du compositeur, et, par petits coups pressés, empesaient sa braguette.

En me levant, je regardai les mains de la jeune fille, ses doigts qui, après un brin de toilette pour enlever le gras des olives de l'apéritif, caresseraient la douce peau fripée. Si elle avait pu le faire ici même, elle l'aurait fait, devant tout le monde, en toute simplicité. Voilà une chose qui m'excite lorsque j'y pense, une rangée d'inconnus de toutes origines qui m'attendent sur des tabourets hauts. Le plus arrogant s'avance vers moi, la bite au garde-à-vous, les cheveux en brosse et la moue de celui qui n'a jamais été refoulé à l'entrée d'une boîte de nuit. Je l'ignore, il lève un sourcil. Quelque chose lui échappe : sa biroute qui, irrémédiablement, décline. Son voisin ricane, pour exorciser l'échec sans doute. D'un geste ferme je l'interromps. Je m'avance vers un garçon discret et lui demande comment il s'appelle. Youssef, souffle-t-il, et Youssef baisse la tête lorsqu'il m'entend prononcer son nom. J'aime la forme de ses hanches. J'aime le dessin de ses os, ses pommettes saillantes et ses lèvres qui tremblent un peu. L'adolescent me prend la main et me demande de l'excuser. Jamais il n'aurait dû se joindre aux autres, il est entré ici par hasard, les partouzes ce n'est pas son genre. À mesure qu'il prononce ses mots d'excuse, à mesure que, le rassurant, je lui avoue que ce n'est pas non plus mon genre à moi, les partouzes, trop pudique sans doute, trop réservée, je vois sa verge qui grossit, une belle pièce en vérité, fine et bien modelée, avec un phrasé très spirituel, et Youssef continue à me dire combien il se sent déplacé au milieu de tous ces hommes qui nous observent en se trifouillant, et moi d'abonder dans son sens, pusillanime, tout en mouillant, mais alors ce qu'on appelle mouiller, comme si nous tenions deux conversations parallèles et contradictoires, l'une repoussant l'autre à la façon des aimants, un peu plus loin, un peu plus haut, son membre jusqu'à me toucher, je m'approche de lui, sa peau est d'une douceur exquise, tendue comme un lit bien fait, un lit d'hôtel avec des draps blanchis mécaniquement. Il relève ma jupe et nous parlons toujours, d'où vient-il, aime-t-il Paris, rentrera-t-il chez lui après ses études, oui répète-t-il en fermant les yeux, et je ne suis plus très sûre qu'il parle de son pays. Il me rappelle cet homme près du square des Audrey, strictement vêtu d'un costume trois-pièces, avec une cravate et la queue qui sort par-devant. Juste un gros bâton qui dépasse du pantalon ardoise, et ma bouche qui va et vient comme la pomme d'Adam de l'adolescent. Je me vois, c'est l'été, marchant sur les Grands Boulevards. Il doit être dix heures ou onze heures du soir. Je tourne dans une rue déserte et je me surprends moi-même en train de sucer quelqu'un que je rencontre pour la première fois. À quelques mètres de là, passent des centaines de gens. Ils sortent du cinéma, ils ont vu un beau film avec une intrigue, une poursuite en voiture et des sentiments. Lui s'accroche aux barreaux de la grille d'un jardin public qui s'ouvre derrière nous. Je ne saurais dire pourquoi, cet appui me trouble. Ses paumes sont beaucoup plus claires que le reste de sa peau, il a les mains posées sur le front de la femme maintenant, puis il s'agrippe à ses cheveux, à mes cheveux, et je sens que nous existons pour quelqu'un, oui, j'en suis persuadée, quelqu'un nous observe. Je soulève mes paupières, je tourne légèrement la tête et je vois mon ombre glisser dans la nuit. L'homme prétend que je suce bien, qu'est-ce que tu suces bien, répète-t-il. L'homme ne veut pas que je m'arrête, pourtant je m'interromps quelques secondes, non, un peu plus longtemps, j'aime sentir son impatience. L'homme va ajouter quelque chose, ma langue se remet à vibrer autour de son gland, là où la peau est très fine, très innervée. Il pousse ma nuque en gémissant et le yo-yo reprend, doucement en abaissant, plus vite en remontant, avec une légère impulsion à l'endroit du frein. Les joues creusées, pour mieux sentir la montée du sperme. Le tout engagé, très engagé, ne pas économiser (question de tempérament). Importance de la salive. Importance du degré de constriction. Ne pas trop serrer non plus, laisser branler la bouche autour de la verge, ou la verge dans la bouche, selon que l'un ou l'autre prenne l'initiative. Parfois ce sont les deux ensemble qui se donnent, les deux qui s'oublient, et ne reste qu'un mouvement simple dans une rue déserte, près d'un jardin public où le jour s'amusent les enfants. Ils boivent au robinet et s'éclaboussent, c'est si drôle de s'éclabousser. Leur mère les gronde, vous auriez pu faire attention, les chaussures, trempées. Toujours ces mêmes images qui s'imposent lorsque j'écris la nuit. Cora et son manteau de fourrure. Ma grand-mère hachant du persil. Le chat du boulevard Pereire passant la porte du palier. Je me demande ce que ça veut dire, bien sucer. S'y entendre en fellation. Se mettre au diapason de l'autre, de sa voix, de sa respiration. Sucer d'oreille, voilà comment j'ai appris : en écoutant. Dans la rue, près du square, je retiens mon souffle, et l'inconnu répète : je vais venir ; je viens, je vais venir, il renverse sa tête et je reviens à moi, assise dans l'alcôve, remuant à peine les doigts sur le clavier, le pouce droit frappant la barre des espaces, l'index ou le majeur caressant la boule qui me sert de souris.

Depuis ce matin, j'écris directement sur mon ordinateur, je ne peux plus supporter les lenteurs de la plume. J'ai envie que les mots m'échappent, qu'ils ne se sentent pas contraints par la marque de mon histoire personnelle, cette calligraphie de cours préparatoire qui me rappelle à la bienséance. Je regrette les détours qui m'ont conduite jusqu'à ces mots, et pourtant je ne peux ni les relire ni les corriger. Ils sont nécessaires, comme le chemin est nécessaire à la maison. J'aime quand la queue disparaît tout entière, elle est encore moelleuse et je la sens durcir au fur et à mesure, gonfler jusqu'à remplir ma bouche. Je n'exerce rien pourtant, presque rien, juste une infime pression du bout de la langue. J'aime le goût du sperme, pas seulement celui du directeur de la société Jolicœur, tous les spermes administrés avec générosité. Chacun a une saveur particulière, une texture aussi, et un débit, plus ou moins épais, plus ou moins puissant, selon les moments de la journée. J'ai connu un homme qui l'avait particulièrement salé. Ce même homme, dans une discothèque des environs d'Auxerre, a joui sur ma jupe. En séchant, le sperme a dessiné une traînée de poudre blanche, particulièrement visible à la lumière noire. Il aurait suffi que je passe un coup d'eau, sans doute, pour la faire disparaître mais j'ai préféré la garder, et danser toute la nuit avec ma voie lactée. Je me demande combien de temps peuvent résister les spermatozoïdes hors de leur milieu naturel. Je me demande si le goût des sécrétions sexuelles, comme la transpiration, change avec l'alimentation. Je me demande d'où vient l'amertume du cérumen. Toutes ces questions se chevauchent et je perds le fil ; alors, je repousse mon ordinateur et me replonge dans les pages écrites à la main. Je les découpe, je les classe, j'établis des listes de situations susceptibles de nourrir mon inspiration. Je me souviens d'un professeur qui m'avait dit alors qu'il me déshabillait : tu as une belle poitrine, tu fais du combien ? Je compte, j'étale, je mets à plat, j'annote les notes, je les associe, je les relis en mâchouillant le bout de mon crayon. J'aime le goût du bois, le goût de ces petites phrases qui ne paient pas de mine, ces phrases inachevées, en attente, ces parenthèses,

de l'herbe piétinée qui, très lentement, se redresse
une voiture dans un tunnel, une écharde, un bouchon qui résiste,
faire l'amour avec un type qui en a très envie
j'avale la pilule qui rend invisible
je sauve la vie d'un homme ; je le tire des sables mouvants
un acteur d'une beauté à couper le souffle me prend à travers l'écran, même chose dans un jardin, près de la corde à linge, à travers un drap percé
un jeune diplômé qui bande pendant son entretien d'embauche
j'ai rassemblé quelques amies autour d'une tasse de thé pour les interroger sur leurs fantasmes sexuels, mais la réunion tourne à la démonstration. Voilà ce que je devrais faire en vérité, recueillir les souvenirs érotiques de mes congénères, confronter nos imaginations, mais où trouver le courage de leur téléphoner ? Je rédige une petite annonce en ce sens, un appel à témoignages qui reste dans son enveloppe sur la table de la cuisine. J'ai peur de m'attirer des ennuis, ou, pis encore, quelque terrible confidence, comme cet écrivain allemand qui reçut un jour dans sa boîte aux lettres les confessions d'un violeur d'enfants. Très bien écrit, le texte, avec une poésie, une justesse... Finalement je prends mon courage à deux mains et je laisse un message à Valérie Toss. Elle aussi a connu le renfoncement près de la chaudière, dans les sous-sols du lycée, c'est pourquoi je pense à elle. Valérie me rappelle le soir même, je lui expose mon projet et je sens qu'elle n'a pas très envie de

répondre à mes questions. Nous parlons d'autre chose, nous tournons autour du sujet. Elle me demande si je suis avec quelqu'un en ce moment. Je réponds oui en pensant à l'éditeur. Elle est soulagée de me savoir entre de bonnes mains (je la laisse dire) et m'apprend de but en blanc qu'elle attend un bébé. Ça s'est fait comme ça, elle ne sait même pas qui est le géniteur et m'avoue qu'elle ne tient pas à le savoir. L'important pour Valérie Toss, c'est que la chose soit enfin arrivée.

La chose, c'est Valérie qui prononce ce mot. Je nous revois jouer à la poupée. Sa mère lui tricotait des habits avec des chutes de laine. Nous aimions par-dessus tout les jupes élastiques. Nous pratiquions sur nos filles en Celluloïd de formidables opérations. Je me souviens d'une série d'épingles à tête colorée plantées entre les jambes d'un poupon qui souffrait de constipation. Un quart de siècle s'est écoulé, la voix de Valérie a changé. J'ai du mal à l'imaginer avec un gros ventre. Je la félicite, je me réjouis pour elle, mais au fond de moi je plains l'enfant qui toute sa vie cherchera son père. Elle doit sentir ma réserve. Doit me trouver terriblement conventionnelle malgré mes airs de grande fille libérée. Elle a raison, je me déteste. Je regrette d'avoir projeté mon destin personnel sur ce petit être sans nom. J'essaie de me rattraper, j'en rajoute, je m'enfonce, je me tais. Valérie me parle du livre qu'elle est en train de lire, puis de mon dernier roman. Elle l'a bien aimé, mais — puisque nous sommes entre nous — elle aurait préféré une autre fin. Ainsi vont tous ses compliments, accompagnés d'un bémol en queue de poisson : le style lui a beaucoup plu malgré l'abus des points-virgules qui, d'après elle, déconcentrent un peu ; le personnage principal l'a touchée malgré son caractère antipathique ; la construction, beaucoup intéressée en dépit de la longueur inhabituelle des retours en arrière, et tout à l'avenant. Je raccroche complètement démoralisée, et sans avoir obtenu le moindre détail sur la vie sexuelle de Valérie Toss (si ce n'est cet élément de taille : à l'intérieur, quelqu'un).

Ne serait-il pas plus facile d'interroger des inconnus ? Il faudrait avoir le courage d'envoyer cette petite annonce, les proches sont tellement susceptibles, tellement lointains en vérité. L'intimité détruit le discours sur l'intimité. On se protège, on réserve sa parole. On a peur que l'autre ne creuse en vous, sans doute, qu'il ne vous gobe pour mieux vous aimer. Ainsi vont les membres de certaines familles, on les reconnaît de loin sur les chemins de randonnée. Ils marchent en crabe, sourire aux lèvres, pinces serrées.

Aline téléphone, elle prolonge son séjour de deux jours chez sa tante. Je recommence à l'aimer. J'ai hâte qu'elle rentre à la maison.

Gabriel appelle tous les matins de Milan, très longuement, puis de Rome où il profite de son séjour en Italie pour rendre visite à une romancière qu'il a jadis publiée — un de ses premiers succès en matière de littérature érotique. Les retrouvailles avec l'écrivain sont brutales, il me téléphone deux fois de suite, très choqué. La vieille dame a perdu la tête, non seulement elle n'écrit plus, mais elle ne sait même plus qu'elle a écrit. Gabriel lui a présenté la réédition d'un de ses ouvrages. Elle l'a prise entre les mains, l'a retournée pour lire la quatrième de couverture et s'est étonnée de découvrir si tardivement l'existence de cet homonyme qui signait des histoires cochonnes. Je bois une tasse de thé avec du citron et me remets à ma table de travail. Je remonte le cours du temps, essayant de rassembler mes souvenirs comme si je pouvais, en me concentrant, entrouvrir la mémoire de l'Italienne. Il suffirait d'une brèche, disait Gabriel Tournon au téléphone, d'un filet de lucidité pour que tout revienne. Et c'est ce qui se produit en effet, je songe à un homme, un de mes anciens compagnons, mais je n'arrive plus à l'entendre parler. Une autre voix s'impose à la place, qui résonne dans un autre corps, puis un autre encore qui vient nous rejoindre sous la voûte des mots. Les êtres s'enchevêtrent à quelques années d'intervalle, les sensations s'effilochent ou se démultiplient. Très difficile de retranscrire ce déferlement sans en perdre l'essentiel. Tout ça trop brouillon pour être utilisé dans les nouvelles pornographiques. Il faut que je me concentre sur des anecdotes plus anecdotiques, comme dirait Aline, et voilà que repart le carrousel des petits faits curieux. Je me revois sur ma bicyclette noire, une Flying Dutchman achetée d'occasion, je dois avoir quinze ou seize ans, je descends une rue tranquille du vingtième arrondissement. Un jeune sportif pédale à ma rencontre. Je ralentis car il me sourit comme si nous nous connaissions, une de ces larges ouvertures qui dégagent une part des gencives. Je plisse les yeux, mais non, ce long nez précédé d'un grain de beauté, ce front plongeant, ces sourcils en accent circonflexe ne m'évoquent rien. Peut-être s'agit-il d'un personnage célèbre, échappé de quelque peloton médiatisé, qui sourit par habitude, pour donner le change. Un tic, en somme, destiné à ses supporters. Le sportif se redresse — ça se précise —, il lâche son guidon pour me faire un signe de la main. Il me montre la selle de son vélo comme si elle présentait un intérêt particulier. Je freine, intriguée par l'insistance de son geste. Les patins frottent sans réussir à bloquer les roues, il faudrait les changer ces patins médiocres, depuis le temps. Je mets un pied à terre et, dans un même mouvement, le cycliste se lève en danseuse. Il est presque immobile devant moi, en équilibre instable sur son engin professionnel, et enfin je remarque ce qui crève les yeux : la couture centrale de son maillot est décousue au niveau du pubis, sa queue est là qui dépasse, largement sortie. Je crois que j'ai déjà parlé d'elle dans un précédent roman, oui, ça me dit quelque chose ce sexe masculin décrit comme un bernard-l'hermite pointant hors de sa coquille adoptive, un escargot serait plus approprié, une grosse limace ou une anguille luisant de sous la roche, enfin une présence animale surgissant de ce corps satiné, parfaitement tenu dans son Lycra bicolore. J'en ai parlé, disais-je, mais je suis comme l'Italienne éditée par Gabriel, je ne m'en souviens plus. Je n'ai pas oublié ce que j'ai vécu ni ce que j'ai senti en voyant le membre baller, mais ce que j'ai écrit, je ne le sais plus. Des deux côtés du trou pendent des fils noirs. Ai-je souligné dans le texte précédent la présence de ces filaments ? Mon cœur bat très fort, je baisse les paupières comme un enfant coupable. Voilà la force des exhibitionnistes, leur pouvoir sur les jeunes personnes, celui de les plonger dans un état de gêne, de confusion, comme si le fait d'avoir remarqué ce sexe en pleine rue constituait un délit, le délit. Car c'est bien vos yeux qui ont vu, n'est-ce pas? Sans vos yeux, sans votre regard, rien ne serait arrivé. Je pédale à toute vitesse pour échapper au cycliste anonyme, ce tissu effrangé, cette fente poilue ourlant sa biroute, mais, lorsque je me retourne, je constate qu'il n'est plus là. Cinq ou six ans plus tard, comment ne pas faire le rapprochement : dans la salle d'attente, chez le dentiste. En face de moi s'installe une femme d'une trentaine d'années avec des lunettes rectangulaires. Nous sommes quatre en tout, les deux autres patients étant des hommes qui font semblant de lire. La jeune femme porte une jupe molle boutonnée — un bouton a sauté, laissant apparaître une petite culotte très échancrée. Des poils blonds dépassent, comme de la filasse, alors que la fille est brune. Voilà qui m'émeut et continue à m'émouvoir, cette clarté sèche du pubis comparée à la masse sombre de ses cheveux. Je n'avais pas cherché à m'enfuir cette fois, au contraire, je m'étais rapprochée. Sous prétexte de regarder quelque chose sur son magazine, j'avais signalé à la fille que sa jupe bâillait. Je tenais à le lui dire non parce que je me sentais gênée (encore que), mais parce que mon voisin ne perdait pas une miette du spectacle qui lui était offert, et que je n'aimais pas la forme que prenait sa bouche. La jeune femme me dévisagea d'un air mi-provocant, mi-complice.

Ça vous regarde ? murmura-t-elle avec un fort accent, et je sentis dans sa façon de détacher les syllabes que, malgré l'utilisation d'une langue qui lui était étrangère, elle était parfaitement consciente du double sens de ses propos.

J'aurais dû répondre : Oui, justement, *ça* me regarde, mais je n'ai pas osé, je crois que j'ai rougi — j'avais soudain très chaud aux oreilles. Elle m'abandonna son magazine ouvert à la page des horoscopes et alla chercher un autre numéro. Elle ne fit pas un geste pour reboutonner sa jupe. Une porte se rabattit brusquement et le dentiste surgit, l'invitant à passer dans son cabinet. Les deux hommes qui attendaient avec nous la regardèrent s'éloigner d'un air mélancolique, et c'est ce double regret qui me ramène au cycliste car, au-dessus du sourire qui m'était adressé, dans ses yeux clairs, on pouvait lire tristesse et crainte. Il ne semblait prendre aucun plaisir à ce qu'il faisait, c'était comme si on l'avait obligé, comme si quelqu'un d'un balcon regardait la scène, quelqu'un d'autre encore, qui jouissait, lui. Quelle est la différence entre l'exposition chez le dentiste et celle de l'homme à vélo ? Personne ne songerait à attaquer une femme en justice parce qu'elle laisse voir ses seins, ou qu'elle s'habille de façon provocante. À l'attaquer tout court, oui, ça arrive malheureusement tous les jours, la violer pour lui apprendre à se tenir, n'est-ce pas ce que disent les hommes ? Cette petite dévergondée (lire : pétasse, ou pouffiasse, très difficile à écrire ce genre de mots ici, à ce stade de l'histoire), elle l'avait bien cherché, c'est elle qui, elle n'avait qu'à, n'avait qu'à pas...

Mais quelle femme, si esseulée fût-elle, songerait à profiter de l'offre généreuse du cycliste au maillot fendu ? Son sexe est un épouvantail qui fait fuir les oiseaux. Et puis cette queue, en y repensant, il ne l'offre pas, il l'exhibe, ce qui me conduit à cette phrase entendue cent fois dans la bouche des adultes : Touche avec tes yeux, disent les mères, avec les yeux répètent les commerçants. En rentrant de chez le dentiste, je me touchai avec les mains en pensant aux poils rêches de la femme à lunettes, puis à la queue de l'homme perché sur ses pédales. Je les imaginai ensemble. Ils sont dos à dos. Ils sont face à face. Ils sont tête à tête puis tête à queue, ou cul par-dessus tête, comme des marionnettes que je manipule à mon gré. Ils me donnent entière satisfaction, je les remise dans mon petit réservoir à fantasmes, section Touche avec tes yeux, juste à côté du voyage aux États-Unis. Je continue à me caresser. J'ai dix-neuf ans et demi, je fais du stop sur la côte Ouest et je tombe sur un jeune vétérinaire qui m'invite à passer quelques jours chez lui, en famille. A real American family, dit-il fièrement, vous ne pouvez pas refuser. De plus, quelle coïncidence, ma femme enseigne la littérature française à l'université. L'homme me tend sa carte de visite, il s'appelle Henry Gradt et anime à la radio une émission sur les animaux domestiques. Nous arrivons après maints détours dans le parking de sa maison. Je n'ai pas encore eu la chance de l'appeler par son petit nom, mais j'espère avoir bientôt l'occasion de le faire : Henry est en tout point le genre d'homme à qui je ne peux rien refuser. La voiture garée, nous montons par une rampe conduisant à la porte d'entrée. La maison est vide apparemment, bien que toutes les lampes du salon soient allumées. Je remarque une photo d'un garçon un peu gros, mon fils unique, dit le vétérinaire en agitant le cadre qui manque de se décoller, en ce moment, il doit être avec des copains. Ma femme le prendra au passage, ils seront là vers sept heures, ça nous donne le temps de vous installer. Vous pouvez poser votre sac à dos là (il me montre un recoin du salon). Henry monte se changer après avoir sorti du congélateur quatre menus de la mer avec maxi-crevettes et bâtonnets saveur sucrée. Il redescend quelques minutes plus tard en pantalon molletonné et polo blanc qui sort de la machine. Je me demande s'il va me faire la cour ou me sauter directement. Il me montre sa bibliothèque (pas les livres, le meuble qu'il vient de construire selon les plans de son épouse, il en est très fier, ne se lasse pas de l'admirer). Quelqu'un gratte à la porte, c'est Marcelproust, dit le vétérinaire, Marcelproust en un mot et en arrondissant les R, le *oust* légèrement diphtongué, quelque chose comme *praoust*, inimitable pour un Français mais d'une absolue fluidité dans la bouche de l'Américain. Il revient escorté d'un magnifique lévrier au regard tombant. Le téléphone sonne. Henry me prie une nouvelle fois de l'excuser. Il est décidément charmant, va prendre la communication en haut, dans la mezzanine. Il ne se retourne pas en montant l'escalier. De profil, son jogging poche aux fesses. Aurait-il mis ce pantalon s'il avait voulu me séduire? Je commence à comprendre qu'il m'a invitée uniquement pour la raison qu'il a invoquée dans la voiture, sans autre prétention que de me faire découvrir une vraie famille américaine, sans arrière-pensée. Je regrette un peu d'avoir accepté son offre, je redoute la conversation avec sa femme, et la nuit dans le canapé transformable, car c'est un clic-clac dans le coin au fond du salon, je viens de soulever la housse, équipé d'une galette de mousse. Le vétérinaire s'énerve au téléphone, est-ce que tu as cliqué sur Yes, répète-t-il d'un ton excédé, tu me dis oui ou non, ce n'est pourtant pas compliqué, mais l'autre ne semble pas être en mesure de lui répondre. Je me plante devant la fenêtre. Je regarde les autres maisons, toutes ont le living allumé, certaines sont vides, d'autres animées. Marcelproust m'a adoptée, il me suit partout. Mon odeur lui plaît, il n'arrête pas de me renifler en bougeant sa langue. Les chaussures, les chevilles, les genoux. Il tient absolument à me sentir entre les jambes maintenant et je lui donne une tape sur le nez. Ses dents claquent, rien ne le décourage. Je le repousse, mes gestes l'excitent, il me fouine avec son museau, pose ses pattes sur mes cuisses, son obstination, son petit bout qui sort, tout luisant, tout nu, et cette couleur, presque douloureux de voir cette couleur, j'aime bien le rose d'habitude mais là, un rose cru, épluché, je m'écarte et il me suit, j'ouvre un livre il me saute, je me réfugie derrière la télé mais il s'infiltre à ma poursuite, j'ai envie de crier, je n'arrive pas à m'en dépêtrer, je vais avoir vingt ans dans six mois, je mesure un mètre soixante-seize, je me répète ces chiffres pour garder mon sang-froid, ce n'est pas si grave au fond, je sais que ce n'est pas grave mais j'ai envie de hurler, ma voix reste coincée dans ma gorge : *je ne peux pas* prononcer le nom du chien. Henry Gradt descend de la mezzanine et s'étonne de l'effet que je produis sur lui. Du calme, Marcel-praoust, dit-il d'un ton beaucoup moins autoritaire que celui adopté pour résoudre les problèmes informatiques de son interlocuteur. Qu'est-ce que vous lui avez fait ? s'étonne-t-il encore, et je me sens rougir, comme si, pendant qu'il téléphonait, j'avais excité son lévrier. Je proteste, l'homme sourit, je plaisantais, plaisante-t-il, je plaisantais. D'une main ferme, il attrape Marcelproust par le collier mais, au lieu d'aller l'enfermer quelque part, il le branle de l'autre main. Il le branle très naturellement, comme ça, devant moi. Sans inhibition particulière et sans chercher, en apparence, à me choquer. Je ne sais pas comment je dois réagir. Où est sa femme ? Où est son fils ? Je suis prise de panique, nous sommes à onze milles de la ville, cinq du centre commercial, pour sortir de la résidence il faut un code, dans une demi-heure à peine il fera nuit. Marcelproust rentre sa croupe, il éjacule. Henry prend un mouchoir en papier, essuie la giclée qui a atterri sur le clic-clac et va se laver les mains. Comme ça, dit-il en sortant du cabinet de toilette, tout le monde est content. Et il éclate de rire. Quelques minutes plus tard, sa femme rentre. Elle ne semble pas surprise de me voir seule avec son mari et, après les salutations chaleureuses d'usage aux États-Unis, fait un gros câlin au chien qui superbement la dédaigne. Il n'a d'yeux que pour son branleur. De la soirée, nous ne parlons plus de Marcel, avachi aux pieds d'Henry, mais du Nouveau Roman. Pamela, la femme du vétérinaire, en a plein la bouche du Nouveau Roman, comme si, depuis, personne n'avait rien écrit. Le lendemain, je reprends la route au petit jour, avant le réveil du lévrier. Je laisse un mot sous la coupelle avec les cacahouètes que nous avons oublié de débarrasser la veille. Je n'ai pas fermé l'œil de la nuit. Je me demande si Pamela sait que son mari branle le chien. Me revient en mémoire le témoignage de cet agriculteur du Limousin qui, entretenant des rapports sexuels avec les oies du voisin, détruisait leurs œufs de peur qu'il n'en naisse des monstres, et que l'on ne découvre sa passion secrète pour les palmipèdes.

Ou peut-être étaient-ce des dindes. Oui, il s'agissait de *dindes*.

Quelques années plus tard, au bord de la mer, une septuagénaire et son caniche sur les genoux, sa façon de le baisoter sur la gueule. Elle est en maillot, je passe les détails. Chez le coiffeur, même impression d'assister à un spectacle qui ne m'est pas destiné. Je vais vite, je n'aime pas l'idée qu'un lecteur pourrait s'exciter en lisant ce qui va suivre, et pourtant, il y en aura un, au moins un, mis en appétit par le bruit des ciseaux. Il s'agit de ce couple qui entre dans le salon de coiffure. Ils sont beaux tous les deux, très jeunes, un peu voûtés par le poids de l'adolescence, et cette courbe même est agréable à regarder. Le garçon tient son amie par le bras, il la serre fort, comme s'il redoutait qu'elle ne s'échappe. Ses cheveux sont tirés en arrière. Elle les voudrait très courts, le plus courts possible. Son ami sort de son blouson une photo qu'il a découpée dans un journal pour que l'on comprenne comment elle veut sa frange (il tapote de l'index le front du modèle, sur le papier qui plie). La fille passe au shampooing, puis s'assied sur le siège à côté du mien, les yeux mi-clos. Les boucles mouillées tombent en paquets — ses épaules se dégageant, sa tête se dénudant, et le pouvoir de celui qui coupe surtout, son peigne dressant les cheveux, sa tondeuse qui vibre, le poids du geste irréversible, son crissement, tout cela trouble son compagnon qui m'invite, par miroir interposé, à partager son exaltation. Je repars avant la fin de la séance, les cheveux mouillés, non merci, pas de thermobrossage (ce qui signifie brushing en français), pas de séchage, pas de gel, pas d'effet gonflant, je ne peux plus supporter la jouissance de ce type, sa façon de me mettre dans son jeu, et les paupières baissées de la fille qui, manifestement, souffre de cette fausse complicité. Je note en sortant que les talons de ses chaussures partent en biais, mangés par le trottoir. Je serais prête à parier qu'elle s'est rasé le pubis, c'est la première chose que son compagnon lui a demandé de faire, avant même de percer ses grandes lèvres, se les raser. Au début c'est joli, tout lisse et modeste comme la chatte d'une fillette, mais, après, dès que les poils se mettent à repousser, on ne peut pas s'empêcher de gratter. À la piscine, il suffit d'ouvrir les yeux. Chez des femmes de tous les âges, très plat au niveau de l'entrejambe. Et qui démange. Il y a aussi ces billes que les hommes se font implanter dans la queue. Comme des bonbons acidulés, en silicone sans doute, juste sous la peau. Il paraît qu'elles massent l'intérieur du vagin ou de l'anus, provoquant des sensations d'une merveilleuse intensité. J'aimerais bien connaître ça une fois dans ma vie. Je revois ce chauffeur de taxi avec son dossier en perles de bois verni, il m'avait parlé de chirurgie esthétique pendant tout le trajet, comment le médecin avait raté le ventre de sa femme, la cicatrice de son ventre, qui lui faisait des oreilles sur les hanches. Je me demande si la présence des billes de silicone se remarque à travers un slip de bain. À la piscine, justement, regardé avec attention, sans le moindre succès. Peut-être est-ce une légende, cette histoire d'implants dans la bite, un fantasme de cour de récré. Il faudra que je me renseigne. Gabriel Tournon doit savoir ce genre de choses. Oserai-je poser la question? C'est lui qui m'a parlé de ces tubes d'identité qui s'accrochent sur les testicules — mais ceux-là non plus, je ne les ai jamais vus de mes propres yeux. J'ai l'air trop sage, sans doute, pour rencontrer quelqu'un portant ce genre d'accessoire. Il faudrait que j'aille dans un sex-shop pour me documenter, encore une chose que j'aurais dû faire depuis le début. Pourquoi cette obstination à ne pas aller chercher l'information directement à l'endroit où elle se trouve? Pourquoi encore et toujours tourner autour du pot? Ce que j'ai repéré, au passage, à la piscine, ce sont ces jeunes filles qui disparaissent dans les W.-C. avec des garçons. Elles doivent s'installer sur le siège pour qu'on ne voie pas quatre pieds dépasser sous la porte — qui s'arrête à vingt centimètres du sol —, ou à dada sur leur partenaire, pas trop commode mais on se débrouille, plus rarement suspendues à eux comme des koalas (le froid du mur où l'on se retrouve plaqué tôt ou tard est un élément dissuasif, je le dis par expérience, ce froid du carrelage, peu le supportent dans le dos en faisant l'amour) (quant aux parois des cabines, est-ce par hasard qu'elles sont recouvertes de crépi?). Pour en finir avec les piscines : en passant le pédiluve, je surprends ces mots : « Il y en a, dit un moustachu, qui le font encore pour cinquante francs. » Ce sont deux frères qui devisent, enfin deux hommes qui se ressemblent comme des frères. Le cadet porte un foulard enroulé autour du poignet et j'imagine qu'il a tenté de se suicider. De qui parlent-ils? Des jeunes garçons qui se chamaillent le long des casiers? Il faut avouer que les lieux publics s'offrent de façon particulièrement ingénieuse aux dérives de la sexualité. J'ouvre un dossier pour eux, une chemise bleue consacrée à mes notes sur les lieux publics ou semi-publics : les jardins, bien entendu, mais aussi les cimetières et les talons minute, les bibliothèques, les Photomaton dont on retrouve le tabouret bloqué avec un morceau de carton pour éviter qu'il ne pivote, les musées, les coins fumeurs, les coins restauration, les librairies équipées d'un escalier dérobé et, de manière plus ostensible, le métro, le train, le funiculaire, enfin la totalité des transports en commun. Aline a un ami qui la bassine depuis l'ouverture du Stade de France pour qu'elle l'accompagne à un match, son obsession étant d'arriver à jouir au moment du but. Il est prêt à payer pour satisfaire son fantasme. Toutes les projections ne sont pas aussi explosives, loin s'en faut. Pour ma part, le plaisir sera d'autant plus grand que le frottement avec le monde extérieur sera léger. C'est le *comme si de rien n'était*, cher aux ballades érotiques, l'inversement proportionnel, ce décalage minuscule qui à cet instant me réjouit. Façon de ne pas voir, de ne pas se plier, ou mieux : de voir autrement, de se plier autrement. Suggérer, évoquer, détourner, ne pas entrer dans le vif du sujet de peur d'en tuer le sens, la sensualité, comme une lumière trop vive éteint la beauté d'un visage. Cultiver les métaphores, les filer, les faire durer, sans que ça *débouche* obligatoirement sur quelque chose. Se retenir. De passer à l'acte. Différer la. Pénétration, différer la. Jouissance, et en poussant l'air au-dehors de sa bouche créer un nuage de fumée. Ça ne marche pas avec une cigarette, non, il faut de l'air ayant touché l'intérieur des poumons pour opacifier la vitre puis, dans un coin, d'un geste précis, la désembuer. De ce petit trou-là faire son miel. Que se passe-t-il de l'autre côté? Une main s'enroule, un acteur s'exhibe, il découvre un sein. Son aréole brune déborde du cadre; on se penche, au risque de tomber, tant l'ambiguïté de ce corps nous fascine. Alors, une fois de plus, on repousse les limites par soi-même imposées, ou, mieux encore, on les éclipse. On ne supporte plus sa propre hypocrisie, ce côté sainte-nitouche savamment cultivé par une éducation (je passe les détails, très bonne, l'éducation), on a envie de caresser cette poitrine, généreusement, mâle, femelle, qu'importe, de l'embrasser. On exècre les allumeuses, les mijaurées, les fausses romantiques, les amazones, celles qui mènent tout à la perfection. Où sont les hommes ? se lamentent-elles, où sont nos étalons ? Et celles qui tirent des plans sur la moquette dès qu'elles croisent un célibataire ; celles qui se promènent dans la rue avec écrit « baise-moi » sur le cul et affichent un air courroucé quand on leur propose d'aller boire un verre, ou, pis encore, une moue de mépris, du style pauvre mec tu t'es pas regardé avec tes yeux en peau de saucisse ; et les hommes aussi, chacun son tour, ceux qui sont prêts à vous donner leur chemise, mais seulement leur chemise, les types sympas sur qui tout glisse, les grands adolescents paranoïaques, et les mariés qui vous branchent pour voir si ça marche encore, leur séduction à la noix. Ils tournent les talons dès qu'ils ont émis leur pissette, ils auraient pu prévenir que quelqu'un les attendait à la maison, mais non, ils s'en sont bien gardés, après avoir levé la patte, ils disent en tordant la bouche : mon travail, mes obligations... C'est incroyable ce qu'ils font vite pour lacer leurs chaussures au moment de partir, de vrais champions du double nœud. Tu comprends, répètent-ils, un rendez-vous, demain, ce ne serait pas raisonnable de... mais oui mon loulou on te comprend, on comprend tout à deux heures du matin quand les hommes s'en vont la queue basse, on compatit en pensant à l'épouse, on les plaindrait presque d'avoir un mari aussi lâche, tu sais comment sont les femmes, tellement bonnes poires, tellement gentilles, des caricatures d'elles-mêmes, mais, à force de compréhension, la vie leur tombe des mains. Oui, les légitimes aussi laisseront tout tomber un matin, vers deux heures, lassées d'attendre, tomber le bœuf mode, tomber le bœuf bourguignon, le bœuf mironton, ou alors, pour éviter le gaspillage, elles le congèleront en prévision des hivers difficiles, car elles savent que l'envie de cuisson reviendra, ce besoin de se faire des histoires, des marinades, des gouzis-gouzis. Pour l'instant, leurs corps réclament du cru, du tartare, des veines saillantes, sans engagement métaphorique et sans justification. C'est ce qui se passe dans la pornographie standardisée, la pornographie de proximité, celle que l'on voit à la télévision. Tout est facile, si facile, quand on a le nez bouché, on se mouche, et dans la vie d'Aline aussi, maintenant que je la connais mieux, souvent, trop souvent. J'aimerais tellement qu'elle tombe amoureuse, mon Aline, ma petite belette, et c'est reparti pour un tour, l'empreinte du rouge à lèvres sur un verre, l'empreinte des jambes à l'intérieur d'un pantalon, l'empreinte de deux corps sur une couette, tous ces signes en creux qui accompagnent les amants — ce qui me renvoie à Gabriel Tournon, au visage de Gabriel ce dimanche matin, quelques jours avant son départ en Italie. Il s'était levé tard, juste à temps pour me rejoindre rue de la Gaîté, et gardait sur sa joue la marque de l'oreiller. J'ai déclaré : Gabriel, vous dormez sur le côté droit, et il m'a regardée avec des yeux ronds. Vous m'espionnez, a-t-il répondu. J'ai rougi, non, je devine, vous dormez sur le côté droit n'est-ce pas? Il avait acquiescé, toujours, côté droit, en chien de fusil. Pourquoi a-t-il prétendu que je l'espionnais? Était-ce une façon de me signifier qu'il m'avait surprise en bas de chez lui ?

Notre café habituel étant fermé pour cause dominicale, nous avions transgressé nos habitudes en nous installant à la terrasse d'une brasserie voisine. C'était drôle de travailler en plein air, en pleine lumière, un peu comme la première fois de l'été où l'on enfile un maillot. La serveuse sifflotait en essuyant les tables, les manches retroussées, et il me semblait soudain absurde d'être restés si longtemps enfermés au premier étage. Était-ce la conséquence du changement de lieu, ou ma réflexion sur les plis de l'oreiller ? L'éditeur n'avait jamais été aussi bavard. Il m'avait rapporté ma dernière nouvelle et me suggérait quelques modifications. Rien de sérieux, une virgule à rajouter par-ci, un adverbe à enlever par-là, quelques finitions. Puis il me demanda où en était *notre* histoire de repassage. J'avais du mal à reprendre ce texte, la première version me plaisait bien, au fond. Le cadre imposé par l'éditeur, cette école ménagère peuplée d'adolescentes, ne m'inspirait que de façon très superficielle. Je comprenais ce que Gabriel voulait cultiver, ce mélange entre la liberté du ton et la contrainte de l'institution, mais l'extrême jeunesse des pensionnaires embarrassait plus qu'elle n'excitait mon imagination. Se présentait sous un jour nouveau le problème de la pertinence du projet, cette idée d'une pornographie conçue pour les femmes aussi bien que pour les hommes, idée que j'avais acceptée au départ, mais qui me semblait aujourd'hui, ma situation financière n'étant plus aussi catastrophique, assez douteuse en vérité. Gabriel entendait mes réticences, il aurait bien aimé les comprendre et se posait une multitude de questions sur les fameux méandres de la psychologie féminine en général, et de la mienne en particulier. Il voulait savoir, par exemple, si les femmes pouvaient être excitées par le spectacle des organes. Il me regardait comme si, appartenant à la caste femelle, j'allais apporter une réponse générique et définitive. Je lui retournai la question. Qu'en pensait-il, personnellement ?

À son avis, non.

À son avis, les femmes n'éprouvaient que de la répulsion devant cet étalage de chairs vivantes. L'image de leur corps véhiculée par certaines photos pornographiques, cette netteté chirurgicale, ne correspondait en rien à ce qui pouvait les conduire au plaisir. Il comparait cela à l'écoute de sa propre voix, sa voix enregistrée, insupportable tant elle ressemblait peu à la perception intime que nous en avions.

Je hochai la tête, oui, au premier abord, sans doute étais-je d'accord avec l'éditeur, mais j'aurais aimé qu'il m'explique ce que les hommes, les Hommes, ou lui plus simplement, trouvaient d'exaltant à ce genre de présentation. Était-il nécessaire de réduire les attributs féminins à l'état de barbaque pour satisfaire leur besoin intime de pouvoir ? Était-ce le moyen qu'ils avaient trouvé pour se rassurer ? Une mise au point plus vraie que nature, pour dépasser leurs frayeurs enfantines ? Regardez attentivement, semblaient dire tous ces cons en plans rapprochés, ces lèvres écarquillées, nous ne sommes que de la peau, des muscles, des vaisseaux, des sécrétions interdisant toute projection maternelle, et vous, avec votre belle saucisse bien propre, toute lisse, sans couture, vous allez nous fourrer, nous obturer, nous bouchonner, enfin, en un mot, NOUS COMBLER. Le sexe de la femme est inquiétant ? Son appétit légendaire vous cause des soucis érectiles ? Un vagin n'est pas un gouffre, ni un trou béant, c'est une gaine, littéralement, une poche festonnée de velours. Nulle dent, mais de la dentelle, *on vous avait bien dit de ne pas avoir peur.* Voilà ce que ressassent les figures les plus crues de la pornographie, pensai-je, et une autre partie de moi allait encore plus loin, une partie mystérieuse, issue du va-et-vient évoqué dans les pages précédentes, se disait que ces gros plans révélaient la dimension sublime de nos corps, leur dimension sacrée, sans maquillage putassier, sans déguisement avilissant ni vaseline sur l'objectif, et qu'il s'agissait là du plus bel hommage que l'on puisse nous rendre. Un hommage sans ménagement. Le jeune garçon qui connaîtra ses premières émotions sexuelles en regardant ces images n'aura-t-il pas une approche moins stéréotypée de l'amour que s'il s'excite devant une pin-up aux lèvres siliconées ? Toutes les femmes n'ont pas un joli nez, une bouche pulpeuse, des seins en obus, un ventre plat, des jambes fuselées mais toutes ont un sexe en creux. C'est notre bien commun, ce manque magnifique. Notre profondeur. Et le bien des hommes, nous ne demandons qu'à l'admirer à notre tour, car il est admirable, dans toutes les positions, grand, petit, espiègle, endormi, il est pour beaucoup d'entre nous l'objet d'une perpétuelle fascination tant ses métamorphoses sont réjouissantes. Et puis, il faut l'avouer, on aimerait tellement en avoir une, quelquefois, une bonne bibite, et vous la mettre par surprise, comme cette femme qui avait fait mouler le sexe de son mari pour qu'il se sodomise avec lui-même. Aline a le chic pour relever ce genre d'anecdote. On raconte de ces bêtises à la radio, dit-elle d'un air enchanté, et à la télévision, et dans les journaux féminins, my God! on en lit des vertes et des pas mûres : le sperme et ses vitamines, les vertus de la jalousie, la semaine dernière un article sur les fétichistes du caoutchouc, avec les photos d'un quadragénaire en combinaison de latex, un bandeau imprimé sur les yeux pour ne pas être reconnu chez lui. Que se passe-t-il, commente Aline, dans la tête de la mère de famille découvrant ce reportage en prenant son train de banlieue? Imagine-t-elle son mari profitant d'un congrès imaginaire pour se payer un séjour aux Pays-Bas? Un séjour, mais avec quel argent, dans ces Gummy Clinics où l'on dort sanglé sur un lit recouvert d'une bâche en plastique? La femme pense : « Ça doit transpirer là-dedans », elle pense : « Ça doit cocotter. » Quel plaisir ces hommes éprouvent-ils à se faire langer par cette infirmière en cuissardes, pas même jolie? Non vraiment, à y regarder de près sur la photo, pas jolie du tout. La lectrice lève les yeux de son journal. Tag, grue, entrepôts. Une cassette vidéo dépasse de son sac, un cadeau pour ses enfants, les dernières aventures de Batman. Et les déguisements viendront à Noël, avec le masque noir aux oreilles pointues. Les garçons dansent, ils volent, ils sont heureux. Leur cagoule ajustée étouffe les bruits du dehors, ils entendent leur voix amplifiée, la voix superpuissante du super-héros et sa lourde respiration. Protégé du monde des parents, de leurs recommandations craintives, l'enfant redevient invincible, comme aux premiers temps de son existence. Et la lectrice se demande encore par quels détours inouïs ces cadres, ces commerçants qui mènent une vie dite *ordinaire*, se retrouvent, entre midi et deux, arpentant sous la pluie les allées d'un parc, recouverts de latex talqué, avec deux trous pour les yeux, un gode intégré et une tétine reliée à une poire pendant à l'extérieur, tétine qui, en gonflant, obstrue leur bouche, toute leur bouche, l'entière cavité. Elle prend la peine de lire l'article en entier, même si ça l'écœure, cette idée de la tétine qui gonfle dans la bouche. Ils échappent au poids de leur identité sociale, voilà ce que prétendent les hommes interrogés, ils s'enfuient. Une façon comme une autre de penser la mort, avance l'écrivain de service, sollicité par la journaliste pour donner son opinion sur la question. Peut-être, ajoute l'un des habitués de la clinique, serais-je devenu fou si j'étais resté normal.

Je me lève, je vais m'étirer devant la fenêtre. Bien sûr je comprends ça, la pluie qui glisse. Je le comprends, comme je comprends ce désir de se mettre entre parenthèses, ce besoin d'être contraint pour se dépasser. Il ne s'agit pas de résoudre quelque chose, ni de se guérir, mais de se dissoudre jusqu'à retrouver la force primordiale qui nous agit. Des milliards de cellules mouvantes comprimées par une double peau : la vie. Ne faire plus qu'un avec sa tenue : la vie. Sans âge, sans sexe, sans prétention. Pas si loin, au fond, de l'acte d'écriture. Je vais me servir un verre d'eau, je le bois, je retourne dans l'alcôve mais le fil est perdu. Je relis les pages que je viens d'écrire, de Gabriel à Aline, et d'Aline à la passagère du train de banlieue. En conclusion de son article, la journaliste évoque l'extrême diversité des fixations érotiques liées aux vêtements, chaussures, lingerie, gants, ainsi qu'aux différents matériaux qui les constituent. La soie, connue pour provoquer de furieux engouements, mais aussi le Nylon, dans le sens de la maille, ou contre la maille, chacun sa spécialité. Crissements des roues : le train s'immobilise. La lectrice grimace. J'allume une cigarette. Comme par magie, le quai désert se remplit de monde. Une page est tournée. La mode est au long, au mi-long, à la mini. Les semelles compensées reprennent du galon. La semaine suivante, la passagère achète un autre magazine et découvre le témoignage d'une attachée de presse qui se déclare fétichiste des odeurs de pressing. Rien ne peut l'exciter davantage qu'une pile de linge nettoyé à sec. Lorsqu'elle enfile une robe qui sort de chez le teinturier, selon ses propres termes, son être tout entier s'épanouit. Elle parle d'éclosion, de métamorphose, de nénuphar (c'est ainsi qu'elle nomme ses parties génitales ; bien sûr, elle ne prononce aucun mot vulgaire ni technique). L'attachée de presse mouille à la seule idée de s'enfermer chez elle et de plonger son nez dans les chemises de son mari. La semaine suivante, les hommes sont de nouveau à l'honneur, ceux qui aiment regarder les insectes copuler. La femme qui a passé sa journée à travailler sur un écran d'ordinateur voit des mouches bouger devant ses yeux. Elle referme le journal d'un geste las. Se demande ce qu'ils vont trouver pour la prochaine fois. Une adepte des fumigations vaginales, un amateur de moignon, une lubrique de la crotte de bique ? Elle ne s'étonne plus de rien, à force ; ainsi commence l'anéantissement, dans cette disparition de l'étonnement qui n'est ni de la tolérance ni de la complicité. Juste de l'indifférence. Je répète : ni de la tolérance ni de la complicité, de l'indifférence. De l'ennui face aux destins singuliers. Chacun se débrouille comme il peut, chacun fait ce qui lui plaît. C'est le petit air désenchanté de ce tournant de siècle, la ballade des yeux bandés. Passé les bornes, on devient borné. Sur le marché des vidéos pornographiques se développent la même surenchère, le même foutoir commercial et le même souci d'exhaustivité, ce côté Armes et Cycles de Saint-Étienne qui assure aux entreprises des bénéfices d'une belle régularité. Toutes les déviations sont présentes au catalogue : formatées, décortiquées, des dizaines de milliers de vidéos plus ou moins autorisées, avenue Pierre-Brossolette, rue Saint-Denis, boulevard Raymond-Poincaré, du viol chez les Pygmées aux dilatations anales de la femme enceinte, du blondinet sucé par sa nourrice à la touze entre camés, sans oublier les meubles vivants ni les éternelles singeries des couples en vacances à Miami, non moins abjectes en vérité dans leur réduction sordide de la sexualité à un simple branchement de corps compatibles, riches et bien huilés, films chichis ou films trash, films crétins pour l'absolue majorité, avec des filles qui chuintent dès qu'on leur met la main au panier, quelle éducation lamentable, comment voulez-vous que les hommes s'occupent bien de nous, après ça, qu'ils nous bichonnent, le tout dégageant, pour le seul continent nord-américain (nous y venons), vingt-sept milliards de bénéfices annuels. L'entreprise est juteuse, il faut taper fort, de plus en plus fort pour vider les bourses, car l'esprit des clients se blinde à force d'être sollicité. La marge n'est plus dans la marge, voilà ce qui me saute aux yeux en cette journée d'automne qui flirte avec l'hiver, elle occupe le plein des pages, elle remplit les comptes en banque, et s'il reste encore un territoire préservé, un territoire que la pornographie fuit comme la peste, c'est cette disposition universelle du cœur qui commence par la première lettre de l'alphabet. Pas le sentiment monté en épingle, avec une majuscule tarabiscotée ni le sentiment cucul la praline, non, mais celui qui préside à la rencontre intime des êtres entre eux.

Aimer, voilà l'audace.

Il me semblait comprendre enfin ce que Gabriel appelait de ses vœux en lançant l'idée d'une *nouvelle pornographie.* Il avait beaucoup insisté pour que le recueil soit composé de textes hétéroclites mettant en scène des personnages solides et de préférence récurrents, comme un cabinet de curiosités dont les objets seraient de provenances disparates, mais tous engendrés par la même obsession : la quête vulnérable d'un ailleurs. De cet état d'inquiétude créé par la confusion des genres naîtrait une émotion très particulière, qui donnerait la force de vivre avec les autres, jusqu'aux recoins cachés de l'autre — de son être rugueux, appréhendé dans sa complexité. Ainsi s'estomperaient quelques-uns des malentendus liés à la banalisation de l'acte sexuel envisagé comme un simple divertissement, ou, pis encore, comme une façon économique de perdre des kilos. J'ai surpris l'autre jour une conversation entre deux filles qui attendaient le métro. La plus jeune (corsaire, veste noire, tour du cou en dentelle plastique) racontait comment elle avait rompu avec un certain Noé parce qu'il l'avait traitée de salope pendant qu'ils faisaient l'amour. Ce qui paraissait la choquer au-delà du supportable, c'est que son ami se montrait par ailleurs d'une politesse extrême. Du genre à faire le tour de la voiture pour m'ouvrir la portière, gloussait-elle en tripotant son collier, tu imagines, carrément d'un autre siècle. Depuis, il laissait des messages larmoyants sur le répondeur, l'invitant au concert, l'invitant à dîner, mais il pouvait toujours se gratter, il n'était plus question qu'ils sortent ensemble. Sa copine approuvait, quel connard, s'indignait-elle, te traiter comme ça, on croit rêver, vraiment quel con, et j'avais envie de me porter au secours du jeune homme, avec mon air d'institutrice sur le quai du métro qui tardait à venir. Que dit, aurais-je demandé, que dit ce garçon qui visiblement est amoureux de vous ? Dit-il : je te méprise ? Ne dit-il pas plutôt : j'ai confiance en toi ? J'ai confiance au point de prononcer ces mots-là dans tes bras, j'ai confiance au point de me montrer dans ce que j'ai de plus abject, cette volonté de te réduire à l'état de marchandise, de moins que rien ?

Les passagers se pressèrent le long du quai, le métro arrivait, il n'y aurait pas de place pour tout le monde. Évidemment, je n'avais pas ouvert la bouche. J'imagine le regard des filles, elles m'auraient prise pour une folle. La seule façon de sauver Noé eût été d'évoquer mon expérience personnelle. Il m'est arrivé une fois d'insulter quelqu'un en faisant l'amour ; c'est sorti très fort, comme un pet. La comparaison manque d'élégance mais elle a le mérite de recouvrir très exactement le souvenir que j'en ai gardé. Mon partenaire a été aussi surpris que moi — j'avais quinze ans et demi, nous nous connaissions à peine. De quel réservoir intime a surgi ce mot ? De quelle partie de moi-même ? Il a froncé les sourcils, j'avais envie de disparaître, je l'ai vu douter un instant, je suis sûre de ne pas l'avoir inventé, ce doute, une seconde, et il a joui tout de suite après, submergé par une vague immense qui a tout balayé, ma honte et son étonnement. Je n'ai pas su le revoir, pas pu le remercier de ce qu'il m'avait donné. J'étais trop jeune sans doute pour admettre le chaos de cet amour naissant. Je regrette aujourd'hui de ne pas avoir réussi à lui parler. J'aimerais savoir s'il se souvient qu'une très jeune fille l'a traité de salaud, et qu'il en a joui.

Je relis ces dernières pages et me pose une fois de plus la question : qu'est-ce qui m'émeut, saurais-je l'écrire ? Je pense à Gabriel, à cette petite ligne qui ourle ses lèvres, je pense à l'extrême finesse de ses mains, à ses poignets démesurés, à ses paupières bistre, beaucoup trop foncées pour lui, comme prélevées sur un autre visage. J'entends sa voix du matin qui m'encourage et celle de nos rendez-vous de travail, cet empressement à ne pas me toucher, son sourire complice lorsque je lui raconte certains détails de ma vie privée, et je sais que jamais aucun Pygmée, jamais aucun athlète aux muscles saillants ne produira en moi cette émotion-là, l'émotion de la chose qui s'esquisse, de la chose interdite qui se construit à l'intérieur, sans accessoire particulier, de la chose cachée, à peine révélée par une inflexion de voix, un geste discret, une palpitation des ailes du nez. Gabriel m'a téléphoné ce matin de Rome, il revient aujourd'hui, en fin d'après-midi. Je regarde ma montre, sept heures, il doit être chez lui. Je me retiens pour ne pas l'appeler. J'ai son numéro personnel, je l'ai trouvé dans l'annuaire, ce n'est pas lui qui me l'a donné — j'ai été étonnée qu'il ne soit pas sur liste rouge. Son adresse, en revanche, je la connais depuis peu de façon officielle. Gabriel m'a même noté son code sur un ticket de métro un jour où je devais déposer un texte dans sa boîte aux lettres. Je sais également où il travaille, et avec qui. Je reconnais la voix de sa secrétaire. Je sais qui sont ses auteurs déclarés, ceux qu'il publie de façon régulière, des hommes en large majorité. Je ne pense pas qu'il ait été marié. Quatre mois se sont écoulés depuis notre première entrevue, quatre mois de rêves éveillés. J'avais envie de rompre la trêve, enfin, de me laisser glisser dans le terrier. Gabriel déguisé en lapin, fronçant du nez, toujours très occupé par son travail et pourtant toujours disponible, l'oreille aux aguets. Jamais un rendez-vous décommandé. Jamais un retard, en quatre mois. Je comprends aujourd'hui pourquoi il n'arrivait pas à rester tranquille sur sa chaise, la première fois, dans le café. Cette histoire de pornographie n'était-elle qu'un prétexte pour me rencontrer ? Et moi je n'ai rien vu. J'ai senti, oui, j'étais troublée par ses attentions, son empressement à lire mes nouvelles et l'importance de l'avance qu'il m'avait accordée dès la signature du contrat, mais je n'ai pas prononcé un mot pour l'encourager à dépasser le cadre professionnel. Au contraire, j'ai tout fait pour l'en dissuader. Je lui parlais sans cesse d'Aline, de son baldaquin, de notre collaboration fructueuse, et les textes que nous pondions toutes les deux étaient saturés de femmes entre elles, il faut le reconnaître, gorgés de scènes où les plaisirs se partageaient en miroir. Il devait avoir peur d'être repoussé, ridiculisé, et préférait rester dans son rôle d'éditeur plutôt que risquer de perdre ma complicité à cause d'un geste déplacé. Je l'entends encore critiquer la première nouvelle, m'exposant en termes clairs combien les hommes de sa génération avaient besoin d'être rassurés. Et qu'avais-je fait lorsqu'il avait posé sa main sur mon épaule ? J'étais restée immobile, froide et lisse comme une plaque de verre. Les doigts de Gabriel s'étaient rétractés.

Tant de signes tissés. Tant de déclarations muettes. Pourquoi me le cacher ? J'avais rencontré quelqu'un d'important, rencontré quelqu'un, tout simplement. Il était temps de laisser le palet de côté, nous avions trop parlé, trop sauté à cloche-pied. Nos corps ne pouvaient plus s'abuser, il fallait qu'ils se touchent. Ils en ressortiraient grandis, doublés, rassasiés. Aimer Gabriel, l'embrasser, le déguster, rouler sur le lit, et, pour lui : dénouer mes cheveux, pour lui : ramasser mes jambes et le regarder me regarder, lui demander de jouir (en moi), lui demander de me caresser et ne rien entreprendre, rester totalement passive, dans la certitude de ne pas être jugée, quoi que je fasse et quels que soient les mots prononcés. J'imaginais Gabriel dans son grand appartement avec vue sur le canal, tournant autour du combiné. Il ne voulait pas me donner l'impression qu'il me poursuivait, pas sentir dans ma voix la petite lassitude de celle qu'on ennuie. Il allume la radio, glisse d'une station à l'autre sans parvenir à se fixer, arrose les plantes sur la terrasse ou relit les pages que je lui ai envoyées. Il s'agit des inventaires dressés en son absence. Une série d'énumérations brutales, une mise à plat qui, à sa façon, résume notre projet. Liste de ce qui m'émeut et, au verso, liste de ce qui me dérange. Liste de souvenirs érotiques. Liste des positions, un brin technique je l'avoue, entièrement pompée dans les Men's Care d'Aline. L'éditeur parcourt ces mots et se demande ce qu'il faut en penser. Comment utiliser cette avalanche? Dans quel sens la diriger? La perspective de mettre tout ça en forme le fatigue, et me fatigue tout autant. On rêverait qu'un inconnu s'y attelle, un professionnel de l'adjectif, payé au feuillet. Gabriel regrette de m'avoir entraînée dans ce labyrinthe. Sait-il combien sa présence m'est devenue indis-

pensable ? S'en doute-t-il au moins ? Il se frotte les yeux. Je corrige ma dernière liste, celle que je vais lui apporter aujourd'hui. Je la glisserai dans sa boîte aux lettres, il la trouvera demain en allant au travail. Ou peut-être aurai-je le courage de monter jusqu'au septième étage. Aimer tendrement, recopiai-je en soignant mon écriture, au-delà de la marguerite. Aimer à travers la fleur, dans une langue étrangère,
aimer à mots couverts.
Aimer sans compter, sans espoir de retour, de façon délicieusement masochiste. Aimer un peu, juste assez pour qu'on vous le rende. Aimer aimer. Aimer ses enfants, les adorer, les entortiller d'amour, mourir d'être aimé. Avoir du goût pour quelqu'un, l'apprécier, avoir de la sympathie plutôt qu'aimer. Ne pas être aimé du soleil. Ne plus le supporter depuis des années. Aimer tête baissée, à l'aveuglette.
Aimer bien, vraiment bien, avec ou sans appoint érotique. Aimer par conviction religieuse, familiale, par décision matrimoniale, par euphémisme. Aimer sentir sa langue au repos dans sa bouche, et ces mots qui se poursuivent jusqu'en bas du feuillet. Je pose mon stylo. Je suis parfaitement calme ; depuis longtemps je n'ai éprouvé une telle sérénité. Il me semble que chaque chose est à sa place. Il ne s'agit pas de bonheur encore, non, simplement de la justesse d'un ensemble de positions. Une question d'équilibre entre l'histoire et la géographie. Une concordance des temps de chacun qui, à notre insu, s'est établie. Aline aide sa tante à étendre les draps entre deux pommiers, le peintre

en catogan dispose ses modèles, sa femme a trouvé une autre petite bonne pour astiquer ses patères. Quelle heure est-il au Japon ? Valérie Toss pose sa main sur son ventre. Pas de père, on survit. Le cycliste a vieilli, son désir est intact. Je ris sans raison, j'ai l'impression d'avoir trop bu, d'ailleurs j'ai bu, soyons honnête, mais pas trop, quelques doigts de whisky pour me donner du courage. Mon corps a fait l'objet d'une toilette méticuleuse. J'enfile une robe trop légère et des bas qui tiennent tout seuls en haut des cuisses. Je suis prête, je n'ai plus le choix. Je me répète cette phrase sur le palier, en grattant la peinture qui s'écaille, accélérant la métamorphose : je suis prête, je n'ai plus le choix. Je vais aller voir l'homme que j'aime et qui pense à moi.

On aimerait parfois que les romans se suspendent. Qu'ils cessent de nous raconter. Qu'ils se la bouclent.

Je suis debout devant la porte de Gabriel avec mes jambes en coton sous leurs bas qui tiennent tout seuls. Je me vois très nettement dessinée, là, sur le palier, en pièces détachées. Je presse la sonnette, deux coups discrets, et, déjà, c'est une habitude qui prend corps, ces deux petites notes annonçant ma présence. J'entends ses pas, la porte s'entrebâille, puis s'ouvre en grand. Gabriel est devant moi en peignoir de bain, un peu étonné mais pas tant que ça, il me sourit. Je baisse les yeux, je ne sais pas quoi dire, quel prétexte invoquer pour justifier ma visite. Je lui tends la dernière liste. Pour la première fois je vois ses pieds, ses pieds nus sur la moquette bleue qui tapisse l'entrée. Les pieds de Gabriel Tournon ressemblent à ses mains, avec des orteils longs et droits, bien posés sur le sol comme ceux d'une statue. Quelque chose bouge derrière eux, ce sont deux autres pieds, alors je ne sais plus, mon cœur se précipite, je connais le rouge de ces ongles parce que c'est le mien, je reconnais la finesse de ces chevilles aussi, et ces jambes magnifiques — comment résister à ces jambes ? Je devrais reprendre mon texte et partir en claquant la porte, mais je n'ai pas la force, je pose une main sur le chambranle pour me retenir, on me demande si ça va, on me demande ce qui se passe, et comme je reste muette, Gabriel croit bon de préciser qu'il voulait me le dire, de toute façon, que c'est mieux ainsi, que les cachotteries, ça va un temps. Aline s'approche de l'éditeur, elle prend son bras, elle est bronzée, comme lui, ils ont le même teint et les mêmes yeux, ce regard un peu flou des couples au saut du lit.

— Tu vois, dit-elle, j'ai suivi tes conseils, je suis tombée amoureuse...

Aline pose un chaste baiser sur la joue de l'éditeur qui roucoule à présent. Il est rassuré de savoir que je viens comme ça, sans raison précise, je passais dans le quartier, je voulais lui donner ces quelques pages. Aline soulève son pied gauche et agite ses orteils. Tu as remarqué, dit-elle, j'ai piqué ton vernis. Je dis tu as bien fait, je dis il te va bien, très bien, mieux qu'à moi, et je retiens mes larmes. Il y a une table sur la droite avec le courrier. Certaines lettres sont ouvertes, dont la grande enveloppe qui contenait mon travail de la semaine. Les feuilles dactylographiées sont à peine sorties, Gabriel a dû être interrompu dans son geste. Il n'a même pas pris la peine de les parcourir pour voir de quoi il s'agissait. Il avait mieux à faire. L'éditeur est très gentil soudain, il pense avoir compris les raisons de mon trouble. Je n'ai pas encore pu lire ce que vous m'avez envoyé, s'excuse-t-il. Puis, cherchant le regard d'Aline pour appuyer son mensonge : l'avion avait du retard, nous avons juste eu le temps de nous doucher...

Nous, eux, ensemble, la douche, et le voyage en Italie. La tante, la Normandie, prétexte. Mais je vais le lire dès demain, poursuit-il, je vois que vous avez bien avancé, j'ai hâte de..., et puis j'ai une idée, si nous dînions tous les trois ensemble?

Je me redressai. C'était la première fois que l'éditeur me proposait de dîner avec lui. Il me teste, pensai-je, me met à l'épreuve. Il a sauté mon amie, ma meilleure amie, mais qu'est-ce que ça prouve? Tout le monde saute Aline, voilà. Soyons clair : on fait l'amour avec Aline, on ne fait pas sa vie avec elle. J'avais trop tardé, Gabriel s'était lassé, il avait trouvé un moyen pour attirer mon attention. Le seul moyen, pensait-il, pour que je le regarde enfin comme un amant potentiel.

Et je le regardai enfin, dans les yeux. Il me rendit mon regard, il avait l'air heureux que je sois là, il me le confiait sans détour, devant Aline qui ne semblait pas saisir la portée de ses mots. Nous nous assîmes dans le salon, Gabriel et moi sur le canapé, Aline par terre, les jambes repliées sur le côté, et le temps passa. Il y avait un côté Jules et Jim, avec l'éditeur dans le rôle interprété par Jeanne Moreau. Ils avaient acheté à la boutique de l'aéroport une bouteille de vieux porto. C'était chaud et doux, et je me répétais : je suis sûre qu'il m'aime, mais il est trop fier, ou peut-être est-ce moi, moi qui n'ai pas su répondre à ses avances, il faut que je lui dise, même si cela doit faire de la peine à Aline, que je leur parle à tous les deux, maintenant, avant que nous partions au restaurant...

La pendule de la cuisine se reflétait dans la baie vitrée. Je me fixai une limite, je pensai : lorsque l'aiguille des minutes arrivera sur le chiffre dix, je leur expliquerai.

Je restai muette jusque-là, surveillant avec anxiété la grande aiguille. Gabriel alluma une cigarette et Aline le gronda, je ne la connaissais pas sous cet angle-là, tu n'as même pas écrasé la précédente, protesta-t-elle. Gabriel s'excusa, il avait l'air d'un petit garçon. Je me levai, non, ce n'était pas pour me resservir à boire, j'ai quelque chose à vous dire, quelque chose d'assez délicat.

Aline et Gabriel se regardèrent en souriant. Nous aussi, déclara Aline, nous avons quelque chose à t'annoncer. Je les aurais tués, ce regard de loukoum, ils avaient décidé de s'installer ensemble.

Je pris appui sur le bras du canapé. Bien sûr, des larmes coulaient, mais ils croyaient tous les deux que c'était l'émotion, tu es trop mignonne, disait Aline, je t'adore, je t'adore tu sais, et Gabriel de me rappeler le slogan inscrit sur l'autobus que nous avions emprunté pour aller chercher mon amie à la sortie de son travail. C'était ce jour-là qu'ils s'étaient rencontrés et, depuis, ils pouvaient me l'avouer maintenant, ils ne s'étaient plus quittés. Le coup de foudre, commenta l'éditeur, il n'y a pas d'autre mot. Il me prit dans ses bras, j'ai beaucoup d'affection pour vous, murmura-t-il, depuis toujours, beaucoup d'affection et d'estime. Vous êtes une fille formidable, une bonne fée. J'avais honte pour lui, mais c'était doux de sentir sa peau, je me laissais bercer, j'avais tellement besoin de sa tendresse. Aline nous regardait en se tortillant. Elle fit un peu de ménage sur la table basse puis, n'y tenant plus, lança d'un ton sans appel : Dis-moi, Gaby, il faudrait peut-être le donner à Marie, son cadeau ?

Gaby... non seulement ils se tutoyaient mais elle l'appelait Gaby et comme un bon toutou l'éditeur répondait. Il me quitta, me laissant vide de ses bras pour aller ouvrir son sac de voyage. Nous l'avons choisi ensemble, précisa Aline en désignant le paquet mal ficelé que Gabriel me tendait à présent, j'espère qu'il te plaira.

Ils ne m'avaient même pas demandé ce que j'avais à leur dire. Ils s'en moquaient, bien sûr, ils allaient vivre ensemble. Le papier se déchira. Comment Aline avait-elle pu choisir ce cadeau pour moi ? L'objet pivota entre mes doigts. Il s'agissait d'un briquet en forme de sirène. Une de ces pacotilles vendues par des marchands ambulants aux terrasses des cafés. La flamme jaillissait par un trou percé à l'orée de la queue. Deux points rouge vif s'allumaient simultanément au petit bout des seins. Aline avait le fou rire, elle le trouvait tordant ce briquet, elle se mit à tousser et disparut dans la cuisine pour aller boire un verre d'eau. Gabriel l'y rejoignit, il lui tapait dans le dos, je les entendais glousser. J'avais remarqué dans la bibliothèque du salon le dossier à mon nom qui devait regrouper les différentes versions de mes nouvelles. Aline et Gabriel s'éternisaient dans la cuisine. La porte du palier se referma sans bruit. L'ascenseur était resté à l'étage. Je me retrouvai dans la rue avec mes textes dans une main, et la sirène dans l'autre, sans que personne n'ait noté ma disparition. L'éditeur devait croire que j'étais aux toilettes. Il n'avait pas encore remarqué que sur la pile du courrier manquait une grande enveloppe. Je repensai à la lettre que j'avais reçue le matin même, un pli moelleux qui contenait des lingettes attrape-poussière. La jeune femme qui posait sur le prospectus accompagnant les articles de démonstration ressemblait à la repasseuse de la société Jolicœur. Son intérieur nickel brillait de tous ses feux, jusqu'au caoutchouc aux feuilles luisantes trônant sur son bloc de bois verni. Ainsi se refermait la métaphore ménagère, par une lingette à épousseter. Comment avais-je pu me laisser entraîner dans cette histoire de pornographie? Bien sûr je savais pourquoi Aline m'avait offert ce briquet, si hideux fût-il, et pourquoi Gabriel s'était plié à son choix. Mon premier roman s'ouvrait sur une tentative de suicide. Une jeune comédienne avalait des somnifères avant de s'élancer dans la Seine pour, écrivait-elle, *rejoindre ses sœurs les sirènes.* Elle en ressortait au deuxième chapitre sinon apaisée, du moins grandie. Quelque chose s'était brisé en elle, comme, aujourd'hui, en moi se cassait, mais se cassait quoi? Je n'avais pas l'impression de rompre ni d'être rompue, mais plutôt de fondre, de me liquéfier. Je marchais, je pleurais, parfois je fermais les yeux et je sentais les larmes se bousculer sous mes paupières. Je n'avais pas mal, non, je n'étais même pas malheureuse, j'étais au-delà, je coulais. Je me lavais de tous ces mots exécrables, ces mots qui salissaient. Bite con couilles niquer branler. Je me lavais surtout des regards charmeurs de l'éditeur. De ses conseils attachants. Je me lavais du ventre d'Aline et de l'idée qu'elle avait eue de mettre mon vernis à ongles avant de rejoindre son nouvel amant. Je revoyais la pluie glisser sur les carreaux de la cuisine. Je grelottai soudain, je me mis à trembler. Il y avait une épicerie ouverte, j'achetai de la vodka pour me réchauffer. Je marchai encore, je ne pouvais pas rentrer chez moi : Aline avait les clefs, bien sûr, elle risquait de m'y attendre. Je m'assis sur une grille de métro et ouvris la bouteille. Je me tins là longtemps, une heure peut-être, avant de percevoir un petit balancement, oui, je me balançais d'avant en arrière et je me sentais bien car tout était possible, je pouvais partir, je pouvais me tuer, je n'étais pas obligée d'être heureuse, je pouvais même tuer Gabriel, c'est drôle, Aline ne me dérangeait pas. Ce n'était pas sa faute, elle était comme ça. Je regardais mes chaussures et je me demandais où elles allaient me conduire, très simplement, je demandai à mes chaussures d'aller. Mais mes chaussures n'allaient pas. Elles demeuraient immobiles, campées sur la bouche. Par petites lampées je repoussais le froid, rien de spectaculaire, mais voilà, j'avais l'impression d'être sur un bateau. Je sortis les nouvelles du dossier. Je fis le geste qu'il fallait. Les seins de la sirène rougeoyèrent, une lumière jaillit, le papier s'embrasa, les mots se recroquevillèrent. Mes mains s'agitaient au-dessus des flammes. J'aurais dû les éloigner, pourtant mon corps s'obstinait. J'allais me brûler, je me le disais, qu'est-ce que tu fais encore, ma pauvre fille, tu vas te brûler, mais c'était normal d'avoir mal, presque un soulagement. Mon bras gauche s'écarta brusquement du feu. J'entendis des gémissements, je crois qu'ils sortaient de ma gorge. Aline profitait de l'occasion pour ranger ses affaires et ça je ne pouvais pas le supporter, car l'éditeur était là aussi, chez moi, il fouillait dans les tiroirs de mon bureau et s'appropriait le double des nouvelles. Il trouvait une lingette glissée à la lettre P du Larousse Ménager. P comme Pornographie ? Prostitution ? Perversion ? P comme Poussière, celle qui colle, celle qui grippe les machines, et, pour ses particules les plus ténues, s'insinue dans le système respiratoire de la ménagère : on change la poussière de place, disait le dictionnaire, on ne la supprime pas. On ne la supprime pas, répétai-je comme si je parlais de moi à une autre moi-même. Au mieux, on l'époussette. On la vergette. On se transforme en aspirateur pour la stocker, avec ses propres poumons en guise de sac. En automne, pour empêcher la poussière de flotter dans l'air, on va fleurir les tombes : les morts en restent cois. Des fraises en cette saison, à quarante balles la demi-livre, voilà l'obscénité, ils n'osent même pas afficher le prix au kilo. On peut bien taxer un vêtement de temps à autre, une jupe blanche pour s'envoler. Je pensai au Japonais dans l'avion. Aimer un homme sans nom, suspendu dans le ciel. L'amour incarné, l'amour qui respire, et moi qui me tenais la main au-dessus du bras, la mettant en exergue comme la citation de Lacan, entre l'homme et la lune, la soulevant : je m'étais salement brûlée. Je n'avais nulle part où aller, personne ne comprendrait, j'étais stupide et, surtout, j'étais cuite. J'entendis la voix chaude de mon grand-père maternel. Demain sera un autre jour, disait-il en me caressant les cheveux. Nous regardions la campagne. Cette petite phrase répétée sur un ton si doux : un autre jour, demain. Mon père venait de mourir, mais je ne le savais pas encore. La vie retournée comme un gant. Mes bas étaient tombés sur mes chevilles, je m'en apercevais seulement maintenant. Une voiture freina, il y eut des hommes, l'un d'eux était très grand, il me rappelait ce passant, près du square, avec sa verge qui sortait de son costume ardoise. Il me demanda si j'avais besoin d'aide et je répondis non, je n'ai besoin de rien. Je n'avais pas envie qu'il s'approche, qu'il sente l'odeur d'alcool. J'avais honte soudain, je me relevai un peu, ma tête tournait, je réussis à dire que j'attendais, mais cela ne suffisait pas, je cherchais ce qui manquait à la phrase pour rassurer l'inconnu. Oui, c'est cela, mon père. J'attends mon père. On dirait le titre d'un roman, pensai-je, mes lèvres collaient, l'homme s'agenouilla. Tes chaussures, trempées, grondait la jeune fille qui s'occupait de nous le dimanche. Les enfants riaient, ils jouaient aux billes. Vous êtes sûre que votre père va venir à cette heure-ci ? insista l'homme. Je hochai la tête, je crois que je souris pour essayer de le convaincre, oui, il viendra me chercher, c'est sûr qu'il reviendra. Ma main me faisait horriblement mal, mais ce n'était pas moi, ce n'était que ma main. Mon frère mettait à fondre ses soldats de plomb dans une cuillère qu'il plongeait ensuite dans de l'eau glacée. Mouiller, disait Aline, te mouiller. Le second passager de la voiture me prit par-derrière pour m'aider à me relever, je sentis son souffle sur ma nuque. J'eus peur soudain, je me débattis, il me souleva dans ses bras comme on porte les jeunes mariées, la sirène roula dans le caniveau. Où m'emmenait-on ? Je me mis à crier. Bon, bon, dit l'homme, en me reposant près d'un feu rouge. Mon corps s'affaissa contre le poteau. Sur la bouche, murmurai-je. Je voulais qu'il me remette sur la bouche d'aération, pas qu'il m'embrasse comme il tentait de le faire, mais il n'insista pas, mon haleine sans doute, lui non plus ne sentait pas très bon, et comme une fenêtre s'ouvrait au premier étage, les portières claquèrent, la voiture démarra. J'avais envie de dormir, mon corps était trop lourd, et la vie, de quel côté ? L'inconnu près du square respirait lourdement. Je fus tirée de ma torpeur par les hurlements d'une sirène. Il y avait des chiffres sur du rouge, un homme en uniforme se pencha au-dessus de moi. J'avais l'impression de sortir d'un livre, de mon premier livre. Avais-je pris des médicaments avec l'alcool, ou seulement de l'alcool ? Il ne voulait pas que je me rendorme, alors il me parlait sans cesse et trop fort en me tapotant les joues. Une douleur aiguë me transperçait chaque fois qu'il haussait le ton. Il me demanda mon nom et je compris que je m'étais trompée de personnage, dès le début de l'histoire, une erreur d'aiguillage, facile à corriger avec les moyens modernes, une erreur de distribution. Je crois que je vais être malade, balbutiai-je. Quand je repris connaissance, j'étais sanglée sur un brancard, nous roulions. La couverture glissait, j'essayais de la retenir avec mes doigts de pied. J'avais conscience d'avoir de très longues jambes, la petite fille avait grandi, elle s'était bien développée malgré sa maladie. On me demandait encore comment je m'appelais en surveillant ma tension. Des mots sortirent de ma bouche, je les répétai pour m'en convaincre. Oui, Aline, j'ai bien entendu, nota le pompier assis sur le côté, mais votre nom de famille? Le brouillard se dissipa. La première fois que j'ai vu un sexe de femme, je l'ai trouvé très sombre. C'est un joli prénom, Aline, reprit le pompier, on pense tout de suite à la chanson. Et il me chanta la chanson. Comme ça, en pleine nuit, dans le camion rouge, alors qu'un autre posait sur ma main brûlée une épaisse couche de crème blanche.

DU MÊME AUTEUR

Aux Éditions Gallimard

SIRÈNE, couronné par l'Académie française et la Société des Gens de Lettres en 1985 (Folio n° 3415).

LA GIRAFE (Folio n° 2065).

ANATOMIE D'UN CHŒUR (Folio n° 2402).

L'HYPNOTISME À LA PORTÉE DE TOUS (Folio n° 2640).

LA CARESSE (Folio n° 2868).

CELUI QUI COURT DERRIÈRE L'OISEAU (Folio n° 3173).

DOMINO (Folio n° 3551).

LA NOUVELLE PORNOGRAPHIE (Folio n° 3669).

Gallimard Jeunesse

UNE MÉMOIRE D'ÉLÉPHANT, illustrations de Quentin Blake.

Aux Éditions Albin Michel Jeunesse

COMMENT L'ÉLÉPHANT A PERDU SES AILES, illustrations d'Hélène Riff.

LES TROIS SŒURS CASSEROLES, illustrations de Frédéric Rébéna.

CHARIVARI À COT-COT CITY, illustrations de Merlin.

LE MONDE DE NOUNOUILLE, illustrations de Clément Oubrerie.

Composition CMB *Graphic.*
Impression Novoprint.
à Barcelone, le 11 mars 2002.
Dépôt légal : mars 2002.

ISBN 2-07-042290-9/Imprimé en Espagne.
6420